じーちゃん・ぢぇっと！

Ji-Chan & Jet!

ハセガワケイスケ
Hasegawa K-Ske

イラスト©オカアサハ
Art works by Oka Asaha

デザイン©ワタナベヒロカズ（ニイナナニイゴオ）
designed by Hirokazu Watanabe (2725 Inc.)

「ったくも、まだ同点でしょ？」
——雛蕗慈恵人【ひなぶきじぇっと】（本編の主人公。通称：ジェット。）

「うきゃー！　ゴールなのじゃー！」
——雛蕗月兎【ひなぶきげっと】（これでも立派なおじいちゃん。）
「くぅー！」
——テルミン（謎の生物。）

「あの、ジェットちゃん……」
——束紗美雨【たばさみう】（ジェットの幼なじみ。通称：ミウミウ。）

「──ん？　──あ……しまっ……た」
── 雛蕗慈恵人【ひなぶきじぇっと】（やっぱり本編の主人公。通称：ジェット。）

「じーちゃん！　じーちゃん!!」
——雛蕗慈恵人【ひなぶきじぇっと】（何度も言うけど本編の主人公。通称：ジェット。）

目次

本日はご来場まことにありがとうございます。
まもなく開演になります。

携帯電話、時計のアラーム等
音の鳴るモノの電源は、
あらかじめ切っておいて頂けますよう、
ご協力お願いします。

たいへんながらくお待たせ致しました。
それでは、『じーちゃん・ぢぇっと！』
開演です。

——結局、ぼくはじーちゃんが大好きなだけだった。

序幕　足跡《あしあと》とはじまりと、飛行少年。

intro: I'm waiting for my man

♪


雛藤慈恵人《ひなぶきじえつと》――ジェットは、自分の顔立ちがあまり好きではなかった。

まだ小学四年生で（あと二ヶ月もすれば五年生になるけれど）いまだに初対面の人に、「かわいらしい女の子ねぇ」と言われてしまう。

言われっぱなし。

小学校のころは、女の子の成長の方が早く、男の子は遅《おそ》いのよ。とか近所のおばさんが言っていたのを聞いたことがあるけれど。

でも、ジェットにしてみれば、もうすぐ五年生にもなるのに女の子みたいだと言われるのは、ちょっと落ち込《こ》む。

鏡に映った自分の女の子顔にため息のひとつやふたつもつきたくなるというものだ。

早くオトナになりたいというワケでもないが、いつまでも女の子みたいだったらどうしようかと思う。

いや——待てよ。

本当は自分は女の子で、家族の陰謀《いんぼう》によって男の子として育てられているだけかもしれない。

なんのための陰謀なのかは、さっぱりだが。

そんなことを考えると、果てしなく気が滅入《めい》る。

「はぁー」

とジェットは小学生には不釣《ふつ》り合いな小さなため息をこぼし、とぼとぼ学校からの帰り道をひとり歩いていた。

今日は飼育当番の日だった。

学校で飼っている動物たちの世話《せわ》は、一学年に一種類が割り当てられている。

ジェットたち四年生の担当は、うさぎ小屋。

四年生の四クラスの中から一名ずつ選抜《せんばつ》され、日替《ひが》わりで世話をすることになっていた。

ジェットの番は今日。そのおかげで、いつもはクラスの友達といっしょの帰り道も、今はひとりぼっちだった。

みんなとくだらない話をしたり、じゃれあいながら帰る道。寒さもなんのその。なのに、今は、風がちょっと吹《ふ》き付けるだけで、はっと息が止まってしまいそうになる。

独《ひと》り身《み》が寂《さび》しいとテレビで言っていたけれど、こういうことか。とジェットはため息が出そうになる。

しかもジェットは、真冬なのに短パン。

上半身はコートを羽織《はお》りマフラーに手袋《てぶくろ》など万全《ばんぜん》の状態だが、何故《なぜ》か下は、短パン。

これは、べつにジェットが断固としたポリシーを持ってやっていることではなく、クラスの男子生徒のほとんどがそうしているからジェットもそうしているだけのこと。

長ズボンになるタイミングといえば、風邪《かぜ》を引いたやつから順々に、と相場《そうば》は決まっている。

不意に、北風が強く吹《ふ》き付け、ジェットの前髪《まえがみ》が弾《はじ》かれ舞《ま》い上がった。

色素の薄《うす》いジェットの髪の毛は、ナチュラルに赤茶けていて、少し長め。

これも女の子と間違《まちが》われる要因になっていることにジェットは薄々《うすうす》気付いていた。

クラスの男子の髪は、黒く（なかには茶色くカラーされている子もいるが）短めにカットされている。

そういえば、男子の委員長の北村《きたむら》くんは、おにーちゃんやおねーちゃんが行くような美容室でやってもらったらしい。

テレビに出てるアイドルグループのひとと同じ髪形《かみがた》でかっこいいなー。とかジェットは少しだけうらやましく思っていた。

なのに、自分ときたら祖父の月兎《げっと》が床屋《とこや》さん代わり。

「つやなしさらさら無造作《むぞうさ》へアじゃっ！」

とか、まったく意味不明のことを言いつつ、じゃきじゃきとカットしてくれる。

まあ、いいのだけれど。

月兎は器用だし、それになんとなく（ジェットが思うに）小洒落《こじゃれ》ている。

モノの感覚もそう。

還暦《かんれき》を迎《むか》えて幾《いく》ばくかという年齢《ねんれい》だけれど、やけに目立つ紅《あか》い彗星《すいせい》的な色合いの赫《あか》い髪の毛をして（どうやら地毛《じげ》らしい）革パンや古いジーンズを愛用し、全身にはシルバーアクセサリーをじゃらじゃらいわせている。

ジェットの普段着《ふだんぎ》がパンキッシュなのも、髪が長めなのも、月兎のこういう趣向《しゅこう》がモロに反映されていた（自分の私服にドクロマークやブロックチェックが多いことも最近気付いた）。

服は、それなりにカッコイイと思うんだけどさ、なんかぼくが着ると……その、

「ああ、かわいい。女の子らしいねぇ」

と言われてしまう。

いやいやいやいやいや。ぜんぜんらしくないですよ。

だって、ぼく男の子だもん！

それもこれも、じーちゃんが関係しているかもしれないんだ……。

何故なら――

「……じーちゃんって………なんであんなに若いんだろ？　てか、若すぎなんじゃや……⁇」

ジェット少年にとって、一番の問題だった。

しかしそんな疑問がわいたのもごく最近。

家庭環境《かんきょう》のせいか、月兎《げっと》があまりにも自然体のためか、それとももっと他《ほか》のなにかしら大きな力が働いているのか、ジェットには知るよしもないが、一度わき上がった疑問は、海底で吐《は》き出された空気が水面に近づくにつれ大きくなっていくのと同じように、日々膨《ふく》らんでいった。


いくらなんでも、うちのじーちゃん若すぎでしょ！


ご近所のおじーちゃんは、しわしわで髪《かみ》の毛白くて、なんか分厚いレンズのメガネかけてて、そんで「ふぉっふぉっふぉっふぉっ」て笑うのに！

それなのに——

うちのじーちゃん、なんか変だぞ？

なんで、そんなに若いの⁉

月兎の若さは、そんじょそこらのおじいちゃん連中が「若いおじーさんねー」と社交辞令《しゃこうじれい》的に言ってもらえる『若い』とは比べものにならない。

目尻《めじり》にも手にもシワひとつなく、肌《はだ》はいわゆる『水をはじく』と形容されるような若々しいモノであり、つまり、その……、月兎は、何処《どこ》からどう見ても、老人のそれではない。

深夜に一人で歩いていたなら、非行少年と思われるだろう——誰《だれ》がどう見ても、

——二十歳前後の若造《わかぞう》。

だった。

ジェットは、思う。

ありえなさすぎるが故《ゆえ》に、ありえない。

月兎の『若さ』は、逆に気付かなかった。

それが異常なことなんて。

もしかすると、自分の身長がぜんぜん伸《の》びないのも、女の子みたいと言われてしまうのも、月兎のせいかもしれない。

だって、そうでしょ⁉

じーちゃんが若いってことは、もしかして、このままずっと若いってことは、それだと孫のぼくは孫だから、つまり血をどっぷり引いているせいで、このままぼくの背もずっと伸びなくて、このままかもしれない。さらに言うと、ずっとこのまま女の子みたいって言われっぱなしのまんまかもだ。

いや、逆に、むしろそうだ！

そうに違《ちが》いない。

よく母、珠生《たまき》が、こんなことを言っている。

「ジェットは、おじーちゃんにそっくりだねー」

目鼻立ちや、髪《かみ》の毛のクセ……。

ぼくは、じーちゃんに似ているんだ。

やっぱり、ぼくはずっとこのままなの!?

どうにかならないの？

ジェットは、考える。

じーちゃんがご近所のおじーちゃんみたいな普通《ふつう》のおじーちゃんになったならば、孫のぼくの身長もぐんぐん伸《の》びるかもしれない。ぐんぐんだ。

「よーし、決めた！　それなら、ぼくがじーちゃんをまともな〝カタギ〟のひとにするんだ！」

ジェットは、堅気《かたぎ》などといういまいちもいまにもいまさんも意味の判《わか》ってない単語を使いつも真剣《しんけん》だった。

だって、これはぼくの将来にきっと関《かか》わってくる！

ぼくは、ずっとこの女の子みたいなままかもしれないじゃないか！

身勝手で理屈《りくつ》もへったくれもないが、やっぱりジェットは大まじめだ。

根が素直《すなお》なだけに、物事に対しまっすぐ向かっていくことしか知らない。

でも、まだジェットは知らない。

本当は、この世界には、たくさんの道があって、自分でそれを選んでゆけることを。

これからいっぱい考えて、いっぱい悩《なや》んで、いっぱい学んでいくんだろう。

その最初のきっかけが、身近にいた月兎《げっと》だったというだけだ。


これは、少年と少しいやだいぶ普通と違《ちが》うじーちゃんと、たくさんのひとたちとの物語りだ。

これから、少年は少しだけオトナになる。

ずっと止まったままの時間を動かすために。

ときどきうしろを振《ふ》り返って、自分の歩いてきた道を確かめるために。

誰《だれ》かのために、生きるということ。

誰かのために、こぼす涙《なみだ》と、迷い道。

いつか、見付けた。

足跡《あしあと》と声で。


——気が付けばいつも、いっしょだった。

第壱幕
うさぎがとんだ、うちゅうのはじっこ。

——歩きながら想うことは、
宇宙につながっている
ような気がする。

track.01: ...And Out Come the Rabbits

♪


寒さがよりいっそう厳しくなってきた二月。

家の中でも暖房《だんぼう》を付けていない部屋では、「ハー」と息を吐《は》くと真っ白になる。

「もう暦《こよみ》の上では春ですね」とかよく耳にするが、嘘《うそ》っぱちだ。

ぜんぜん春っぽくない。春めいたことなどひとつもない。

空はどんより曇《くも》っていて、今にも雪やら雨やら、もしくはそれに近いモノを落っことしてくる気まんまん。

でも、遠慮《えんりょ》します。寒いから。

夕暮れは短く、黄昏《たそが》れている隙《すき》もあたえてくれない。すぐに夜がやってくる。

ジェット少年は、ひとりぼっちの帰り道をようやく終え、我《わ》が家に辿《たど》り着いた。

片道十数分のいつもと同じはずの道は、やけに長く途方《とほう》もなく感じられた。

雛蕗家《ひなぶきけ》は、祖父、月兎《げっと》が住職を務める桜蓮寺《オーレンジ》という寺院と、家族が住む居住部分とに分かれている。同じ敷地《しきち》には墓地もあって、夏場には肝試《きもだめ》しポイントとなるが、ジェットにしてみると冬の方が、なんとなく怖《こわ》い気がしていた。近くに植えられた木々も草花もみんな枯《か》れていて、さびれている。人が訪ねてくることが夏場よりもさらに少ない。『なにか』出るならば、きっと冬の方だろう……。

「……あれ？」

玄関《げんかん》のドアに手をかけると鍵《かぎ》が閉まっていた。それでもいつもはこの時間なら誰《だれ》か家にいるはずなのに、反応がない。

「あー、とうさん……締《し》め切《き》りかなー？」

ジェットの父親、正宗《まさむね》は、自宅に仕事場を持っている。なので、ほとんどの場合うちにいるはず。

しかし一方でうちにいたとしても、仕事の関係で修羅《しゅら》のような忙《いそが》しさに襲《おそ》われていると、ご飯時《はんどき》にも仕事場から出てこなくなることがある。

「なるほどなるほどー」とジェットはひとりごちて、ランドセルを身体《からだ》の前に持ってくる。と、フタをめくり中に手を差し入れた。

すぐに、奥《おく》の方に隠《かく》すように入れてあった合い鍵を見付けた。

「よいしょっと」

鞄《かばん》を背負《せお》い直し、ジェットは鍵をドアに差し込《こ》み廻《まわ》そうとすると、
ぎゅおおおおおおおおおおおおおおお〜〜〜〜〜〜〜〜〜〜〜っっっん！

いきなり爆音《ばくおん》で鳴り響《ひび》くノイジーなサウンドが、聞こえてきた。

音は、寺の境内《けいだい》の方からだ。

「……じーちゃん……」

思い当たる。これは、月兎《げっと》の仕業《しわざ》だ。

「ご近所迷惑《めいわく》になっちゃうじゃないか、もう……」

しょうがないなーといった風《ふう》に、ジェットは肩《かた》をすくませると、家の中に入らず、境内の方に向かって歩き出した。寺院までは、すぐだ。

「なにしてるんだよーっ」

判《わか》ってはいるが、言いたくもなる。

境内に近付くにつれ、その轟音《ごうおん》は、さらに輪郭《りんかく》をなくし、耳鳴りを生じさせるほどだった。

「じーちゃん！」

ジェットは、両手で耳をふさぎながら、境内に飛び込《こ》んだ。

ぐぉぉぉぉぉぉぉぉぉぉぉぉぉぉぉぉぉぉぉぉぉぉ〜〜〜〜〜〜〜〜ッッッ!!

身体《からだ》の奥《おく》のなにかに届こうとするような凶悪な音《ファズサウンド》は、さらに増し、鳴りやまない。

この音を発しているのは、もちろん、月兎だった。

本来ならありがたーいお経《きょう》が厳《おごそ》かに響くこの場所に、オレンジ色の大きなアンプを持ち込み、エレクトリックギターをつないだ月兎は、狂《くる》ったようにそれをかき鳴らしていた。

赫《あか》い髪《かみ》を鬼気《きき》迫《せま》る勢いで振《ふ》り乱し、深い歪《ひず》みで六本の弦《げん》を振動《しんどう》させる。

「じーちゃん！　じーちゃんってば！　ねぇっ！」

ジェットが声を振り絞《しぼ》って大声で呼ぶが、完全にインナーワールドで月兎にはまったく届かない。

ぷー、と頬《ほお》を膨《ふく》らませるジェットだが、この音を止める方法は知っている。

月兎が、ご近所の迷惑顧《かえり》みず、爆音を鳴らすのは今日がはじめてじゃない。これまで何度もある種のゲリラライヴを敢行《かんこう》してきた。

ジェットは、つかつかと境内奥の中心にすえられたアンプの前にやってくると、

「えいっ」

ぷつり、と電源を切った。

途端《とたん》、急激に音はやんで、月兎の持つギターからは、電気の力を失った、ぺちぺちと弦を弾《ひ》く軽い音しか聞こえてこなくなった。

赫い髪を振り乱していた革《かわ》パンのお坊《ぼう》さんの動きもゆっくりと止まる。

「おろ？」

ようやく、月兎がインナーワールドから戻《もど》ってきた。

げた。

赫髪《あかがみ》をぽりぽりとかいて、ギターのプラグや足もとのエフェクターを調べ見てから、顔を上
綺麗《きれい》な顔をしているが、どちらかというとジェットと同じ中性的な、かわいい感じがする。

瞳《ひとみ》も大きく、少年の面影《おもかげ》を残している。

アンプに目を向けた月兎《げっと》はようやく、アンプの前で、両手を腰《こし》に当て、やれやれと首を振《ふ》る
孫の姿に気付いた。

「おう、ジェット！　おかえりっ、そして、この腕《うで》に抱《かか》えきれんほどのラヴっ！　飛び込《こ》んで
こいっ！　かもーんよ！」

なんともうれしそうに腕と股《また》と心をおっ広《ぴろ》げて、血管ブチギレんばかりのハイテンションで
月兎は言うが、

「じーちゃん、ギターうるさすぎだよ！」

としかしジェットは、怒《おこ》った。

「す……す、すまんなさい……」

ジェットにしかられ、存在がミクロに感じられるほどしゅんとなる月兎。

やれやれと、ジェットは、肩《かた》をすくめる。

まったくもう、じーちゃんは、いつからこうだったんだっけ？

……あー。

ずっとだった。

ぼくが生まれたときから。ぼくが生まれる前から。

ジェットが月兎《げっと》にこれまでなんの違和感《いわかん》も持ってこなかったのは、月兎がこんな調子だからかもしれないし、一方で今、違和感バリバリなのも、こんなだからかもしれない。

「じーちゃん、お経《きょう》とかあげなくていいの？」

ジェットが訊《き》く。

「おう。じゃからこの六本の弦《げん》と二十四フレットから伝わるワシの魂《たましい》の叫《さけ》びにも似たギターを響《ひび》かせておったワケじゃっ！」

月兎は、意味不明に自信たっぷり誇《ほこ》らしげに胸を張る。

今さっきまでしゅんと肩《かた》を落としていたひとと同一とは思えない変わりようだった。

「でも、お経じゃないんでしょ？」

「おう……ん？　……おう？」

「ダメじゃないのさぁ」

「……お、おう。じゃな！」

「じゃな。じゃないよー、じーちゃん！」

「い、いや、大丈夫《だいじょうぶ》じゃ！」

「えー？」

「だって、ワシ坊《ぼう》さんじゃから！　じゃろ？」

「……だから……そのお坊さんが……、お経をあげてないから問題なんでしょっ!!」

「マジでか!?」

まったくもう、だ。

月兎の脳天気ぶりは天井《てんじょう》知らずで、開いた口がふさがらない。

ジェットは、あきれそうになる。けれど、自分の決心がむくむくと思い出された。

――じーちゃんをカタギの老人にする。

そうだ。そうだよ。

ぼくが、じーちゃんを見捨てたら、誰《だれ》がじーちゃんを立派《りっぱ》な老人にするんだ。

うん。ぼくが、がんばらないとだよ。ファイト、自分！

ジェットの決心は固いが、月兎はゆるい。のびきったラーメン並み。

「えー、じゃけどもー、ギターの方がかっこようないかー？」

言いつつ、V字型の先のとがったギターに頬《ほお》をスリスリと寄せる。

そのまま先が頬に突《つ》き刺《さ》さってしまえばいいんじゃないだろうかと思わないこともないが。

「かっこいいとかそういう問題じゃないでしょっ。本当はさ、鈴《りん》とかごーんごーんってやったり、木魚《もくぎょ》をぽくぽくとかやらなきゃでしょ？」

これじゃどっちがオトナでどっちが子供か判《わか》らないじゃないか。

また、ぷー、とジェットは頬《ほお》をふくらます。

えー、と月兎《げっと》もふてくされて、頬をふくらませた。

結局——どっちも子供。


♪


雛蕗《ひなぶき》月兎は、もちろんジェットのじーちゃんで、お坊《ぼう》さんだけど髪《かみ》は長くてしかも赫《あか》い。

ジェットの髪も赤茶けていて、このことを考えるとそれは月兎の遺伝子のなせるワザというやつで、つまりは確実にジェットと月兎は血が繋《つな》がっている。

その髪の毛に関して、ジェットはいろいろと嫌《いや》な思いをしたこともあった。でも、それはとりあえず置いておく。

それに、今はこの髪の毛もまあ、好きは好きだ。が、そのことと月兎更生問題《こうせいもんだい》とはまた別の話。

ジェットが（月兎をしこたま叱《しか》ってから）夕食を終えて、二階にある自分の部屋に戻《もど》るため階段を上がった。

雛蕗家は、一昨年にリフォームして新しくなっているが、基本的に〝和〟の造りだ。

二階の階段から一番手前にあるのが、ジェットの部屋。

ガラッと戸を開く。

と、ジェットの足もとをなにか白いまるっこいものが駆《か》け抜《ぬ》け、先に部屋の中に入っていた。

そのまるいやつは、ぴょんぴょんと跳《は》ね、壁際《かべぎわ》に配置されたベッドのうえに飛び乗った。

「ったくさ。びっくりさせないでよね、テルミン」

それは、雛蕗家ペット『テルミン』だった。

夕食を終えたジェットのあとを追っかけてきたらしい。

テルミンは、耳が長く垂れていて、つぶらな瞳《ひとみ》は泣きはらしたように赤く、見た目はうさぎによく似ている。

……似ている。だけだ。

実は、ジェットは、テルミンがなんの種類に属する生物なのか知らない。

たぶんうさぎの遠い親戚《しんせき》かなんかだろうなー、程度で、ジェットは特に気にしていなかった。

テルミンとジェットは、仲良し。

というより、テルミンがジェットのことを友達だと思っているらしい。なにかといっしょにいたがる。

寝《ね》るときもいつもいっしょ。

物心ついたときからそこにいて、ずっと雛蕗家にいる。

それがいつだったのか、いつからなのか判《わか》らない。

けど、やっぱりべつにあまり気にしてない。

ジェットもテルミンのことが大好きだし、大切な友達だと思っている。

だから、別にテルミンがうさぎでもうさぎじゃなくてもかまわない。

だって、友達だもん。

「くぅ?」

テルミンは、小さくかわいらしい声で鳴き、器用に小首を傾《かし》げる。

ジェットが自分のことをじっと見つめたので、不思議に思ったのだろう。

今日学校で世話《せわ》をしてきたうさぎたちは、こんなことはしない。

そういえば、鳴き声も聞いたことがない。

でもやっぱり、ジェットは思う。

「まあ、いいや」と。

ジェットは、にっこりテルミンに微笑《ほほえ》むと、勉強机に向かった。

パチと机の上の電気を付け、椅子《いす》のすぐ傍《そば》に置かれたランドセルの中から、算数のドリルを取り出す。

今日は、特に見たいテレビもないので、早めに宿題をやってのんびりしようと思っていた。

ジェット少年は、クラスの何人かのように塾《じゅく》などには通ってないが、成績はかなり良い方だった。これも日頃《ひごろ》、宿題を真面目《まじめ》にやり予習復習を欠かさないからこそだろう。

雛蕗家《ひなぶきけ》は、家長《かちょう》の月兎《げっと》があんな風だからかなんなのか、教育熱心な方ではない。両親は、無理に塾に行かせたり、習い事をさせるということをしない。

かといって、無関心というワケでもない。

ジェットが塾に行きたいと言えば通わせるし、習い事をしたいと言えばさせるだろう。

家族全員が自発的に行動する雛蕗家にあって、ジェットの姉、莉々《りり》は中学を卒業すると同時に、女子高の寮《りょう》に入り中学から続けている部活《ぶかつ》に打ち込《こ》んでいる。

もちろん勉強もたいへんだ。お嬢《じょう》さま学校に入学した莉々は相当に努力しているが、自分ではそうだと思っていない。そんなのはあたりまえだからと。

そんな姉を密《ひそ》かに尊敬しているジェットもまた、毎日の勉強を苦としていない。

やはり、当然だと思っているからだ。

それは雛蕗家というより、家長の月兎が自己を尊重する性格だからかもしれない。が、月兎の場合は、『我《が》』を主張しすぎな気もしないでもない。

「くぅ」

いつの間《ま》にか、テルミンが机のうえに登ってきていて、開いたドリルを覗《のぞ》き込んでいた。

「テルミン判《わか》る？」

「くぅー……く？」

「ははは、判んないよね。ちょっと待ってて、すぐ終わらせるから、そしたら遊ぼうよ」

言うと、テルミンは、それは了解《りょうかい》したとばかりに、くぅ！　と大きく鳴いた。

おとなしくしてれば、いっしょに遊べると、テルミンはちょっぴりそわそわしながら、でもちゃんと静かにして、ジェットが宿題をやり終えるのを待つ。

なのに――

「ジェットぉ～～、勝負じゃぁあ～～っ！」

月兎《げっと》だ。

さわがしく階段を駆《か》け上がる音が聞こえてきたかと思ったら間髪《かんぱつ》入れず、月兎がジェットの部屋に飛び込《こ》んできた。というより、戸を開くと同時に意味もなくスライディングしてきた。

そして、部屋の灯《あか》りに鮮《あざ》やかな赫髪《あかがみ》を振《ふ》り乱し、無駄《むだ》にバタフライしながらジェットににじり寄ってくる。

「ジェット、対戦するのじゃ！　対戦なーのじゃー！」

月兎は両手に携帯《けいたい》ゲーム機を持って、それを宿題中のジェットの前に差し出してきた。

「ちょ、ちょっとじーちゃん。ぼく今、宿題してるんだけど」

「宿題じゃと⁉　宿題じゃと⁉」

二回言った。

「えーいっ、ジェットは、じーちゃんとの勝負と宿題どっちが大切なんじゃ‼」

「――宿題」

「…………」

「宿題」

「…………」

「宿題」

「…………──じーちゃん、チョーしょっく！」

ぐわー、と大袈裟《おおげさ》に頭を抱《かか》え、月兎はベッドのうえに倒《たお》れ込んでしまった。

そこで、今度はクロールする。

月兎の意味不明な動作は今にはじまったことじゃない。なれた様子で、ジェットは言う。

「はいはい。判《わか》ったから、宿題終わったらね」

「マジでか⁉」

ぴかっと月兎の表情が輝《かがや》く。目がきらきら。らんらん。そして、燃えさかる。

「昨日《きのう》は負けたが今日は、絶対に勝つぞぃ！　覚悟《かくご》じゃジェットぉ〜〜、うきゃーっ！」

「はいはい」

月兎が勝負を持ちかけているのは、サッカーゲーム。

ちなみに、ジェットと月兎の対戦成績は、ジェットの百勝、月兎の百敗くらい。

「ちょっと待ってて、もうすぐ終わるから。それまで、テルミンと遊んでて」

「よっしゃーっ、テルミン！　まずはプレシーズンマッチョじゃ！」

プレシーズンマッチョじゃなくて、プレシーズンマッチ。微妙《びみょう》にだいぶ違《ちが》う。

「くぅーっ!」

月兎《げっと》のかけ声に反応して、テルミンが勉強机からベッドにダイヴする。

「ぬぉぉ〜〜〜っ。やりおるな、テルミン! きとるぞ、かなりきとる! こうなったら、アレじゃや。モッシュ&ダイヴ大会・イン・ジェットの部屋!!」

なにがきているのか。月兎は勝手に盛り上がり、ハイテンションでテルミンとベッドのうえでじゃれ合う。

見た目は、若い月兎。十代にさえ見える。赫《あか》い髪《かみ》に細身の華奢《きゃしゃ》でも力強い身体《からだ》。やっぱり何処《どこ》からどう見ても、若いひと。なので、テルミンと無邪気《むじゃき》に遊ぶ姿は、微笑《ほほえ》ましくもある。

これはジェットのすごいひいき目かもしれないけれど、見た目だけならテレビで見る芸能人のひとよりも、かっこいいかもと思えるときがある。

が、よくよく考えてみると、やっぱり月兎は歴《れっき》としたじーちゃんだ。

赤いちゃんちゃんこを着ていくばくかというひとが、あんなにも無邪気であんなにも脳天気でいいものだろうか……。

「……よく……ない……かな……?」

ジェットは、自問自答しつつ、ドリルのうえにトンボのマークのえんぴつをかりかり走らせた。

「ろんどんこーりーんぐっっ!!」

月兎が雄叫《おたけ》びベッドのうえでばたばたと暴れ廻《まわ》る。

合わせて、テルミンが、くぅーと鳴いた。

レベルがおんなじ……。

じっとしてればかっこいいのに…………と思う……たぶん……。

ジェットのえんぴつがちょっとだけ動きを止めた。

うーんと……これって、もしかして、ものすごくじーちゃんのペースなんじゃないのかな？

もしかしなくても、すっかり月兎のペースで物事は進んでいる。

ジェットはもうすでに流れの中で、どんぶらこどんぶらこだ。あとは、川で洗濯《せんたく》しているおばあさんに拾われる……じゃなく、ベッドのうえでモッシュしているじーちゃんとゲームをするだけ。


「うぉー！　のぉ～～～～ぅ！」

いちいちうるさい。
もちろん、月兎だ。
あれから小《こ》一時間。宿題を終えたジェットは、律儀《りちぎ》に約束通り月兎とサッカーゲームをはじめた。が、
じーちゃん……これだけ何回も同じゲームやってるのに、ぜんぜんうまくならないんだよね。

月兎《げっと》は、ヘタだった。

底抜《そこぬ》けにゲームがヘタだった。

きっと、近所の幼稚園児《ようちえんじ》相手にどんなゲームをやっても負けるかもしれないレベルだ。

「うっ！　ちょ、ちょっと待つのじゃ！」

月兎は、言ってみずからゲームを一時停止させた。

「なに、どうしたの、じーちゃん？」

「――今じゃッッッッッッッッッッッッ!!」

「あ……」

「ご、ゴぉぉぉぉぉぉぉぉぉぉぉぉぉぉぉぉぉぉ〜〜〜〜〜ルっっ！」

月兎はヘタな上に、卑怯《ひきょう》だった。

一時停止してジェットの注意を惹《ひ》き付けている間に、こっそりゲームを再開して、無抵抗《むていこう》のジェットのゴールにシュートを突《つ》き刺《さ》した。

「うきゃー！　ゴールなのじゃ！」

そして、ゲーム機をほっぽり出して、部屋中を転げ廻《まわ》り喜びを爆発《ばくはつ》させた。

月兎に抱《だ》きかかえられたテルミンが楽しそうに、くう！　と鳴く。

「ったくも、まだ、一対一《いちいち》の同点でしょ？　それに、ほら。――えいっ。はい、逆転」

「へ？」

月兎の動きがピタリと止まった。

自分のほっぽり出したゲーム機の液晶《えきしょう》に『2—1』のテロップがでかでかと浮《う》かんでいた。

「マジでか⁉　じぇ、ジェットぉ！　卑怯じゃぞぉ〜っ！」

「どっちが卑怯なんだよ」

「よーし！　ならば、スリーポイントシュートで再逆転なのじゃ！」

「サッカーに3Pシュートはないよ」

「……よ、よーし、次は、えーっと、そうじゃ！　スラットフリーじゃ！」

「それを言うなら、フラットスリー……。しかも古いし……」

「……え、ええい！　そ、そっちがその気なら、こっちもその気じゃ！　わしの生き様《ざま》をしかと見とれぃ、テルミンっ‼」

白熱の展開は、一方的に月兎が攻《せ》められ続けて、終わってみれば、五対一。

それでも昨日《きのう》よりはマシだ。

なんにも上達しないと思っていたけれど、少しずつ月兎もうまくなっているのかもしれない。

そう思うと、ジェットはなんだか楽しくなっている自分に気付いた。

うん。そうなんだ。

じーちゃんといると楽しいんだ。

でもさ。

楽しいんだけど……だけどさ……ねぇ……。

ジェットの気持ちなど知るよしのない月兎《げっと》は、脳天気にそしてマイペースに意味不明でハイテンションだ。

ゲームで対戦して負けると本気で悔《くや》しがって、じたばたと暴《あば》れたりと、相手をしているジェットやテルミンの方がへとへとになることがある。

なんで、そんなに元気なんだろ。

「風呂《ふろ》じゃ！」

ジェットにぜんぜん敵《かな》わないので、ついにはふてくされた月兎は、ジェットとテルミンをひっつかんで、そのままのイキオイで、ふたりといっぴきでいっしょにお風呂に入った。

「百まで数えるんじゃ！」

と言った本人が、鴉《からす》の行水《ぎょうずい》ばりにすぐさま湯船から上がった。

湯上がりに、片手にコーヒー牛乳を、もう片方を腰《こし》に当てる正しい飲み方でがぶがぶして、

「コーヒー牛乳は、宇宙じゃな〜。か、感動じゃ！」

とかワケの判《わか》らないことを言う。

で、結局、その夜は、

「さーて、寝《ね》るぞぃっ」

と、ふてくされてたのが嘘《うそ》のようにご機嫌《きげん》に、ジェットのベッドに入ってきた。

「って、じーちゃん！　自分の部屋で寝なよ」

「いいじゃんいいじゃん。ワシだってジェットと寝たいんじゃよ〜〜っ。愛を確かめ合いたいんじゃよ〜〜っっ」

「くぅーっ！」

「ほれ、テルミンは、オーのケーと言っておるぞおやすみぐがぁー……」

「――はやっ！」

ベッドは、ふたりといっぴきでぎゅうぎゅうだった。

なにもジェットのベッドで寝ることはない。

どうせなら、月兎の部屋（和室）でふとんを並べて川の字になればいい。

けれど、月兎は、ジェットと密着して眠《ねむ》ることを選択《せんたく》した。

「ジェットぉ〜」

早くも寝ぼける月兎は、ジェットを抱《だ》き枕《まくら》みたく抱きしめてきた。

ああ、もう……。

今日も、じーちゃんのペースじゃないか……。

とか思いながらも、ジェットも実は眠気《ねむけ》ですでに目蓋《まぶた》が半分閉じかけていた。

それに、すごくあったかかった。

冬なのに春みたいなあったかさ。

いつもはひとりで寝《ね》ているから。

誰《だれ》かとくっつくとこんなにあったかいんだなぁ……。

あ、そうだ……。

寝る前に、トイレ行ったっけ……。

行った……ような……行って…………なかった…………ような…………。


——その日、ジェットは夢を見た。

とてもおかしな夢だった。


♪


時計の針は、街が静けさの中に沈《しず》み、人々は静かに眠《ねむ》りに落ちる時間を指していた。外は冷気と暗闇《くらやみ》に包まれている。

静かにただ静かに、すべてが夢と現実の狭間《はざま》の中に落ちる。

ジェットは、ベッドでひとり眠っていた。

そんな中で不意に目を開ける。

でも、これはきっと夢の出来事《できごと》なんだろうと思った。

だって、じーちゃんがとても真剣《しんけん》な顔をしてたから。

月兎《げっと》は、ベッドのすぐ脇《わき》に立っていた。

それから、テルミンになにか話しかけると、いっしょにまるでこそ泥《どろ》のように背中を丸め、抜《ぬ》き足差し足忍《しの》び足二の足無駄《むだ》足、部屋を出ていった。

ジェットが、もそもそとベッドから這《は》い出ると、窓の外からエンジン音が聞こえた。

結露《けつろ》で濡《ぬ》れた窓に顔を寄せると、玄関《げんかん》から少し離《はな》れた場所に月兎の姿を見付けた。

こんな時間に何処《どこ》に行くんだろう？

月兎は、愛車の原付《ズーマー》にまたがり、何故《なぜ》か背中にはギターが入っているらしいGIG《ギグ》バッグを背負《しょ》っていた。おまけにヘルメットのうえには白い物体が……テルミンがぺたりとへばりつくようにしている。

そして、ぶろろろろーっとズーマーが走り出す。

うわっ、テルミンがくっついたままなんだけど。

じーちゃん、気付いてないのかなー。

てか、こんな時間に何処行くんだろ？

遊びに？

まさかー。

あれだけ、ぼくと遊んだのに。遊び足りないとか？

まったくもう、これじゃ不良老人じゃないか。

まったく……やっぱり、ぼくがしっかりしないと……。

……ぼくが……ああ、眠《ねむ》い……あたりまえか、夢だもん……。

あれ、そういえば、ぼく、トイレに行こうとしてたんだっけ……。違《ちが》った……かな？

ジェットは夢を見た。

だって、あんなのは夢だと思うんだ。

だって、あんなじーちゃん見たことないもん。

だって、あんな真剣《しんけん》な顔……見たことがなかったんだ。

ずっと遠くで、なにかが鳴っている気がした。

それは、ずっと近くで、耳の奥《おく》、頭の中で、ずっと鳴り響《ひび》いている気がした。

危険を知らせる鐘《かね》のような音が何処《どこ》かで鳴っている――気がした。

♪


その日は土曜で小学校は休みだ。なのに、いつもよりもずっと早く目が覚めてしまい、もう一度寝《ね》ようと目を閉じてみたけれど、さっぱり眠れなかった。

目覚まし時計を見ると、時刻は七時少し前。

平日に起きる時間よりも早い時間だった。

目が覚めてしまったので仕方なく、ジェットはふとんの中から出た。

「…………さむっ……」

両腕《りょううで》を抱《かか》えるようにして身を小さくする。

「はわわわあぁぁ……」

あくびをすると、吐《は》いた息が白くなった。

息は、気温が十度以下になると白くなるのだとか、担任の菊間《きくま》先生が言っていたのを思い出した。

十度以下なのかぁ……、とか考えるとよけい寒くなってきた。

思い出さなきゃよかったかなー、と少し後悔《こうかい》した。

ジェットはいったん部屋を出て、次に戻《もど》ってきたときには水の入った小さなじょうろを手にしていた。

窓際《まどぎわ》に置かれた観葉《かんよう》植物に、じょろじょろ水をやる。

母親が誰《だれ》かからもらってきたモノを種から育てた。水やりは、ジェットの朝の日課だ。

一方、ベッドでは、月兎《げつと》とテルミンがまだ気持ちよさそうに寝息《ねいき》を立てている。

そういえば、昨日《きのう》見た夢は月兎が——……、

「……あれ？」

なんだったっけ？

たしか、えーっと……。

ぜんぜん、思い出せないや。

ジェットは、ベッドの端《はし》に腰《こし》をおろした。

すうー、と月兎の静かな寝息が耳に届く。

「うぃ〜、じぇっとぉ。そんなトコ、さわっちゃイヤ〜んじゃ〜〜……」

「へ……っ？　——寝言《ねごと》ッ!?　じ、じーちゃん、なんの夢見てるのさ！」

さらに、

『ジェットぉお〜〜♪　起きるんじゃ〜。ジェットぉお〜〜、ゲラップ、ジェットぉお〜〜♪』

いきなり目覚まし時計が鳴りはじめた。

それは、月兎の歌声（しかもムード歌謡調《かようちょう》）がアラーム音色《ねいろ》になっている、ドラムセットの形をしたモノだ。

いつもの学校に行く時間の設定になったままだった。

昨日は、月兎のイキオイに流されっぱなしだったため、切っておくのを忘れていた。

このやかましい時計は、やはりその月兎にもらったモノだったが、月兎は、わざわざ声を録音できる機能の付いたモノを購入《こうにゅう》してきた。

ジェットは、とても目覚めが悪いので、この時計はちょっぴり遠慮《えんりょ》したかったが、しぶしぶ使っている。

——じーちゃん、使わないと泣くんだもん。

目覚まし時計がまだぼくを呼んでいる。しびれるような歌声で。

「あーもう！」

ベッドから離《はな》れた勉強机のうえに置かれた目覚ましのスイッチを切る。

なんだか朝一番からどっと疲れが出てきた。

雛蕗家《ひなぶきけ》の朝が、バラバラなことは珍《めずら》しくない。

母、珠生《たまき》は、休日出勤だとかでジェットが起きるのとほぼ同時に家を出た。

父、正宗《まさむね》は、昨日から自宅最奥《さいおく》にある仕事場に籠《こ》もりっきりで、おそらく徹夜《てつや》だったよう。

姉、莉々《りり》は、現在は寮生活中《りょう》で不在。

祖父で家長《かちょう》の月兎《げっと》は、基本は早起きなはずなのに、夜更《よふ》かし常習犯で、寝坊《ねぼう》が多い。

ジェットは珠生《たまき》が出かける前に用意してくれた朝食をすませ、のんびりテレビなど見てすごしていた。

ジェットが起きて一時間以上経《た》ったのち、ようやく月兎は目を覚ました。テルミンはまだ寝《ね》ているようだ。

そういえば、たった今まで見ていたテレビにあがっていた話題だが、世間のおじいちゃんたちはとても朝早起きで、五時には起き出しているらしい。

それで他《ほか》の家族が生活リズムを合わせたりするのがたいへんで、いわゆるひとつの『嫁《よめ》姑《しゅうとめ》戦争』勃発《ぼっぱつ》の引き金になるとかなんとか。

ジェットにはよく判《わか》らない。

でも、雛蕗家《ひなぶきけ》のじーちゃんがそれらと違《ちが》うことだけは判る。

夜遅《おそ》くまでゲームをしたり、ギターを弾《ひ》いていたり。

たまに、深夜出かけたまま朝まで帰ってこなかったりなどと、まるで堕落《だらく》した夏休みを送る学生のような生活じゃないか。

夜中出て行くときは必ずと言っていいほど、ギターを持っているので、きっと『バンド』だろうとジェットは認識《にんしき》しているが、それって『不良』じゃないかとも思う。

バンドやってるひとって〝ワル〟なんでしょ？

まったく、お坊《ぼう》さんの仕事はどうなっているんだろうか？

と心配になる。けど、

「じゃあ、行ってくるぞー」

「何処《どこ》？」

ジェットが訊《き》く。が、

「仕事関係じゃろうなー」

「なーって……適当じゃん」

「いやいやいやいやいやいやいやいやいや！　そんなに心配するなジェット。ワシは行くが、しかしッ！　じーちゃんのラヴはいつもここに――」

「いってらっしゃい」

「……いつもここにっ！」

「いってらっしゃい」

「い、いつもここ……に……」

「いってらっしゃい」

「……………い……い……つ……………行ってきまぁす……」

という感じで、ジェットに冷めた目で見送られ月兎は昼前に出かけていった。

ギターは持っていなかったし、お坊《ぼう》さんっぽい（実際住職だ）格好《かっこう》をして、赤色の原付《ズーマー》にまたがり出ていったので、仕事関係というのは本当らしい。

いつもそうだ。いつの間《ま》にか、お坊さんっぽい（実際住職だ）ことをしている。

ジェットが知らないだけで、本当はもっとたくさんたくさん仕事に励《はげ》んでいるかもしれない。そう考えると、じーちゃんってがんばってるんだなー、と思えないこともなくもない。

今の今まで、月兎《げっと》のことを深く考えたことがなかった。

ジェットにとってそんな必要なかったからだ。

放《ほう》っておいても、月兎の方からこちらにやってくるので、こっちから歩み寄る必要がない。知ろうとする必要がない。

そう思っていた。

でも、ジェットは成長していくにつれて、それまでは見えなかったモノが見えるようになっていった。

学校のこと、先生のこと、街のこと、友達のこと、家族のこと、そして、月兎のこと。

見えなくていいモノが見えてしまうときだってある。

普段《ふだん》から、隙《すき》だらけの月兎は、まさに〝見えなくていいモノ〟で全身コーティングして、脳天気や無駄《むだ》にハイテンションというこれまたあまりいらないオプションを完備して、ずっと傍《そば》に立っている。

それまで自分の中に存在しなかった『世間一般《いっぱん》』というカテゴリーができあがってから、月兎が不審《ふしん》人物とさえ思えてしまう気持ちは、日に日に加速度を増して大きくなっていっている。

けれど、その一方で、月兎という人物のあったかさや祖父としての尊敬も、無意識の中にだってしっかりと感じ取っていた。

だからこそ、真剣《しんけん》に月兎を立派《りっぱ》な世間一般のおじーちゃんにするんだ、などという想《おも》いが芽生えたワケだ。

まあその想いも、哀《かな》しいかな、これまで人生十年の中で積み重ねられた月兎のパワーに押《お》し切られるという流されっぷりの前に、なかなか果たせないでいるのも事実。

じーちゃんは、ぜんぜん気付いてないけどね。

ぼくががんばってることもさ。

ほんと、どうしようもないなぁ……。

…………ぼくは、本当にじーちゃんのことをちゃんとしたご老人にすることができるんだろうか……。

そう思う。

ジェットが、どうして月兎のことでこんなに執拗《しつよう》に日々頭を悩《なや》ませているかといえば、少年の想いの中で一番重要なファクターを占めるのが、

——じーちゃんのこと、嫌《きら》いになんかなりたくない。

そのことだからだ。

誰《だれ》かを嫌《きら》いになることなど簡単。

そのひとを注意深くじっと観察して、わざわざ嫌いになる部分を探し出せばいい。ひとつひとつ、そのひとを、針のような目でつついて、刃物のような視線で切り刻んで分解していけばいいだけだ。

簡単だ。

だから人は、数日、数時間、数分、数秒、または直前まで好きだったひとをいともたやすく嫌いになることができる。

しかし、ジェットはそれをよしとしなかった。

イヤだ。自分はそんな人間にはなりたくない。

月兎《げつと》を好きなままでいたいと思った。

月兎といっしょにちゃんと笑いたかった。

でも、今はうまく笑えなくて、楽しいのに心が、楽しくないぞ、なんてへそ曲がりなことを言いそうになるんだ。

イヤなんだそういうの。

楽しいことは楽しいと言いたいしさ。

本当だよ。

でも、ときどき気持ちが負けそうになる。

ジェットは、自分の不安定な気持ちが辛《つら》くなってきている。

ついさっきまで、月兎といっしょに笑っていたのに、次の瞬間《しゅんかん》には、月兎のことを冷たい目で見ている自分がいる。

それは、じーちゃんのせい…………じゃない。

それは、ぼく――のせいなんだ。

自分で自分に驚《おどろ》いた。

こんな自分がいたのかと。

こんなに暗い闇《やみ》の部分が存在していたのかと。

困惑《こんわく》した。

怖《こわ》くなった。

でも、逃げられなくて、いつかその闇の中に全部、呑《の》み込《こ》まれてしまうんじゃないかと、自分の影《かげ》におびえてしまう。

しかし、闇は誰《だれ》の心の中にも存在するモノ。

それが大きいか小さいかだ。

たとえば、ジェットの中にある闇《やみ》が小さかったとしても、ジェット少年を苦しめるには十分な大きさだった。

たとえば、真っ白い紙に、一ヶ所小さな黒い点が付いていたとして、それが異常に目立つように見えてしまうのと同じ。

知らないだけ。

気付かないだけ。

だから、知っていくんだろう。

歩くための強さとして。

自分を超《こ》えるヒカリとして。

ジェットは、知らないだけだ。

いろんなこと、本当のこと、光の中の闇も、闇の中の光のことも。

♪

闇が蠢《うごめ》くのは、光があるからだ。

光が眩《まぶ》しいのは、闇があるからだ。

「──感波《かんは》の陣《じん》を強めましたが、何分《なにぶん》それですと大小関係なく引っかかってしまうもので」

四十代くらいの男性が、すぐ傍《かたわ》らにいる──大人《おとな》と呼ぶにはまだ少しためらいがあるような幼さを微《かす》かに残す青年に言った。

「仕方なかろうて。大小に構《かも》うておられる状況《じょうきょう》でもなくなってきておる」

青年は、その見た目の華《はな》やかさからは、ずいぶんかけ離《はな》れた口調で話す。

ふたりはかなり古い屋敷《やしき》の中を歩いていた。

「今夜は、なにかあればワシも出る」

「それは助かります。このところ連日ですので……皆《みな》、疲労《ひろう》の色が見えはじめておりました」

「じゃろうな……しかし、このままではいかんのう……」

「はい……。いくら私たちが闇の中を動こうと、根本はやはり対人間です」

「そうなるとワシらもやれることに限りが出てくる。そっち方面は不得意での。すまんな」

「いえ。だから、私たちはひとりではありません」

「そうじゃったな。ワシらはワシらでやれることをやるしかない。んじゃ、ワシはこれから本職の方があるんでの。では、よろしく頼《たの》むぞ」

周囲の雰囲気《ふんいき》や緊張感《きんちょうかん》などまるで無視で青年は、にっこり笑った。

彼が笑うと不思議と周囲の空気がやわらぐ気がした。闇の中で淡《あわ》い光が咲くように。

青年は、男性の肩《かた》をポンと叩《たた》き出口へと向かっていった。

その青年の背中を男性は、頭を下げ見送った。

♪

ジェットが月兎《げっと》に呼び出されたのは、午後一時過ぎのことだった。

お昼ご飯を食べ、テルミンと日曜のアフタヌーンをテレビを見ながらまったりすごしていたジェットだったが、うっかり月兎からの電話に出てしまったのがことのはじまり。

話によると、どうやら、法事に使うありがたぁ………ああ〜いお経《きょう》が書かれた経本を忘れてきてしまったらしい。で、ジェットにそれを持ってきてほしいと。

両親は仕事、姉はやっぱり不在。なら、ジェットが行くしかない。

なにやってんだか。とか思いつつジェットは青色のリュックを背負《せお》うと、桜蓮寺《オーレンジ》の境内《けいだい》に経本を取りに行く。

「もう、じーちゃんてば、罰《ばち》が当たっても知らないんだから」

経本は、あろうことかオレンジのギターアンプのうえに、ピックやらクロスやらといっしょに無造作《むぞうさ》に置かれてあった。

ジェットはそれをそっと手に取ると、リュックの中に丁寧《ていねい》に入れた。と中で、むにゅっ。なにか生温かい物体にぶつかった。

「ま、まんじゅう!?」

一瞬《いっしゅん》できたての生温かいまんじゅうが入っているのかと思ったけれど、そんなワケない。

「――くうっ？」

「て、テルミンっ？　なにしてんのさっ!?」

経本よりも先に、テルミンがリュックの中に入っていた。

いつどうやって侵入《しんにゅう》したんだろうか。まったく。

「テルミンも行く？　じーちゃんのトコ」

ジェットが言うと、テルミンは判《わか》っているのか判っていないのか、やたら元気よくうれしそうに鳴いた。

「よしっ。じゃあ行こっ」

月兎が経本を待っている法事の場所まで、幸いにも歩いてもそう遠くない距離《きょり》だった。

ジェットは、コートのフードの中にテルミンを乗せ入れると、自分の首にマフラーを巻き付け一周させた。そのあまった部分をフードの中に流し入れる。

テルミンが寒くないようにとのひと工夫《くふう》だったり、いろんなところに潜《もぐ》り込《こ》むのが好きなテルミンの欲求を満たす効果もあり、一石二鳥《いっせきにちょう》。

目的地へは、住宅地を抜《ぬ》けていく。

雛踏家《ひなぶきけ》があるのは同じ地区で、この辺りは閑静《かんせい》というよりも比較的田舎《ひかくてきいなか》なので物音を発生するモノがあまりない。古くからある家が多く、趣《おもむき》のある住宅が並んでいた。

見慣れた風景の中をしばらく歩いていると、ジェットはにわかに緊張《きんちょう》を強《し》いられる場面に遭遇《そうぐう》した。

原因は、いっぴきの犬。

ご近所でも有名な誰《だれ》にでもよく吠《ほ》えるアホ犬。その犬はしかも家の正面玄関《げんかん》のすぐ傍《そば》で飼われていて、家の前を通りかかるたび、わざわざ犬小屋から飛び出してきて吠えてくる。

そして、今日もまた案の定──吠えられた。

心構えしていたにもかかわらず、やっぱりびっくりして駆《か》け足になる。

フードの中のテルミンがなにを勘違《かんちが》いしたのか、跳《は》ねるリズムに楽しそうに鳴いた。

「はぁー、なんで吠えるかなぁ……」

このアホ犬と近所の小学生の間には数々の因縁《いんねん》があった。

先日、家の前を通りかかった小学生の男の子数人が、いつものように吠えられたそうだ。

けれど、男の子たちは、日頃《ひごろ》吠えられっぱなしも小学生《コドモ》の名がすたるとばかりにアホ犬に向かって足もとの小石などを投げた。が──

投げたらば、家の中から猛然《もうぜん》としたイキオイで、

「たくのアーちゃまになんてことをするの!!」

飼い主のおばさんが出てきて、全員こっぴどくしかられたという。

親の教育が悪いとか、子供だからって許されることと許されないことがあるんだとか。

たしかに、石を投げたのは悪いかもしれない。けど、誰にでも吠えていいものだろうか。

それで泣いちゃう子もいる。

それで犬が怖《こわ》くなって他《ほか》の犬のことも嫌《きら》いになってしまう子もいる。

しかも今、ぼくは石を投げてないし。なんで、吠えられなきゃならないんだ。

そうだ。それにさ。うちのテルちゃまはあんなに吠えないぞ。

と、この際、テルミンとあの犬がまったく別の種類の生き物で吠える吠えない以前の問題なのは置いておいて、ジェットは憤慨《ふんがい》した。

しつけがなってない。教育ってなんだ。

ほんとにもう、うちのテルミンなんか、たまにワケ判《わか》んないけど、ぼくの言うことちゃんと聞いてくれるし、ゲームもやるし、お利口《りこう》さんで賢《かしこ》くって……うんたらかんたら……。

「ねぇ、テルミンっ」

ジェットはテルミンに話を振《ふ》るが、よく判っていない様子で、

「くぅ?」

と小首をかしげた。

なおもぶつぶつとアホ犬とその飼い主のしつけの悪さに文句を言っているとそのうち、

「あ、着いちゃった……」

気が付けば目的地に無事到着《とうちゃく》。

そこは、ごく普通《ふつう》の一軒家《いっけんや》。

入り口の小さな門は開いていて、玄関《げんかん》までの短い通路の脇《わき》に並べられたプランターには冬でも咲くように品種改良された花がたくさん咲いていた。

赤や黄色や青と華《はな》やかな色とりどりのそれらを眺《なが》めている間に、さっきまで犬に吠《ほ》えられて怒《いか》りに燃えさかっていた心の中は、夕凪《ゆうなぎ》の海のように静かになっていく。

花に飾《かざ》られた小道を通り玄関に辿《たど》り着く。ドアに手をかけた。

「よっ……と」

あっさり開いた。

今日日《きょうび》、ひどく不用心だが、この辺りはこういう家が多い。

市街から遠くなくても近くはない、いわゆる田舎《いなか》だ。

近所付き合いは、都会の生活からするとずいぶん活発で、不審《ふしん》な人がいればひと目で判《わか》って、即《そく》ご近所警報発令。

ご近所並びに奥《おく》さま情報伝達網《でんたつもう》を侮《あなど》ってはならない。

親密なご近所付き合いは、もはや古い町ならではのことかもしれない。

ドアを開け、ひょっこり首だけ伸《の》ばし中を覗《のぞ》き込《こ》むと、奥の方から活気ある笑い声が聞こえてきた。

法事と聞いていたので厳《おごそ》かなモノだろうと勝手に思っていて、犬に吠えられるまでいささか緊張《きんちょう》もしていた。けれど、きてみればこの笑い声。

といっても、子供が騒《さわ》いでいるような感じではなく、大人《おとな》たちのなごやかな雰囲気《ふんいき》だ。奥から丁度《ちょうど》、人が出てきた。とすぐに玄関口《げんかんぐち》のジェットに気付く。

「あ、こんにちわー」

「あら、雛蕗《ひなぶき》さんちのジェットちゃん？　ちょっと、おっきくなったんじゃない？　ほらほら、なにしてるの、そんなとこで。さ、入って入って。月兎《げっと》さん待ってるわよ」

ちょっとっていつと比べてだろう。この家の奥さんに逢《あ》ったのは、ついこないだ。

あれからぼくの身長はちっともおっきくなってない……なってない…………ない……。

奥さんの社交辞令《しゃこうじれい》に軽く小さな胸を痛めつつ、お邪魔《じゃま》します。と言うと、ジェットは靴《くつ》をそろえ家の中に上がった。

今日は、四十九日《しじゅうくにち》の法事が行われている。

四十九日は、亡《な》くなった人が生まれ変わる世界が決定するという大切な日。だから、特に心を込《こ》めて故人の冥福《めいふく》を祈《いの》る。とかなんとか、これは月兎から教わったこと。

亡くなったのは、ジェットたち子供からすると、ひいおじーちゃんくらいのひと。

ジェットの記憶《きおく》では、九十歳《さい》を超《こ》えてもとても元気で明るかった。

故人の人柄《ひとがら》からだろうか、ジェットが通された居間には、たくさんのひとが集まっていた。

ほとんどがご近所のおじーちゃんおばーちゃん。

みんな笑いながら、故人のことを語る。話はつきない。

見れば、その中心には、月兎《げっと》がいた。

「うっ……」

思わずジェットは、ダッシュでここから帰りたい気分になった。

――し、死神《しにがみ》とドクロじゃん!!

月兎は寒いのだろうか、それともただのファッションか、それにしても場違《ばちが》いな『死神とドクロ』のイラストが刺繍《ししゅう》されたスカジャンを着込《きこ》んでいた。

……法事の日になんて服を着てるんだ。それでもあなたはお坊《ぼう》さんかっ!?

ジェットは、ツッコミを入れたくなったが、ぐっとこらえた。

そこにいるおじーちゃんおばーちゃんは、そのブラックジョークのようなスカジャンの刺繍に気付いているのか気付いていないのか、気にとめていないようだ。

「ったくもー……」

一呼吸置いて。それにしても……、とジェットはあらためて、この場で月兎の〝特異〟さを認識《にんしき》させられた。

なにしろ、月兎とここにいるおじーちゃんおばーちゃんが同じご老人とはまったく思えなかった。思えるはずがない。

像《そう》するに易《やす》くない。まるでどっかの演歌界のプリンスみたいだ。

赫髪《あかがみ》のパンクスがおじーちゃんおばーちゃんとものすごく和《なご》やかに談笑《だんしょう》している風景など想
しかもその一見すると二十歳《はたち》前後のパンクス（プリンス）は、実は齢《よわい》六十オーバーの、おじーちゃん。

もう一回言うけど、おじーちゃん。

——ありえない。

改めて考えてみても、ありえない。

月兎《げっと》は、ジェットに気付かず、次から次へと違《ちが》うおじーちゃんおばーちゃんに袖《そで》を引き引きされ、楽しげに談笑《だんしょう》している。

……すごい、モテてる……。

一部のおばーちゃんが頬《ほお》を赤く染めているのは内緒《ないしょ》だ。

「覚えてらっしゃいます〜？　ほら、去年、若い子にフラれたとかで、死ぬぅ〜〜とか騒《さわ》いで、月兎さんが説教した、ゲンさん」

「あーそんなことがあったの〜ぅ。あのときは、ワシの正拳突《せいけんづ》きでなんとかことを終《お》えたがのう。ゲンさんは、元気にしとるのか？　最近、あんまり顔を見とらんのでなぁ。アチョーじゃ」

……せ、正拳突き……？　アチョー……？

じ、じーちゃんなにしたんだよ！

しかも、元気にしとるかって、対戦相手の心配⁉

もしかして、病院送りなの⁉

「あ、月兎さん。アタシのところなんてねぇ……」

「はいはい。なんじゃなんじゃ？　あ、こないだの踵落《かかとお》としかっ⁉」

次から次へと、あちこちから月兎に話が飛んでくる。

けど、どうしておじーちゃんおばーちゃんと月兎の会話が成立してるのか不思議でしょうがない。

ツッコミどころ満載《まんさい》の会話じゃないか。

正拳突きとか、踵落としとか……ここは道場ですか⁉

芸人さん（ツッコミ担当の方）がこの場に居合わせたらきっとものっそいしゃかりきだ。

しかし、一方でジェットは、

「——なるほど。そっか」

と納得《なっとく》した。

月兎が自分で経本《きょうほん》を取りに戻《もど》れず、ジェットに持ってきてくれと頼《たの》んだ理由はこれだった。

おじーちゃんおばーちゃんの話し相手になって、身動きが取れなかったんだ。

月兎は、ジェットに対するときとはまた違った穏《おだ》やかな表情で、みんなの話にいちいちうなずいて、きちんと受け答えしている。

「わしぁ～、戦時中は大陸にいたですよ～～」

中には何度も同じことを言うおじーちゃんもいた。

「わしはね～、戦時中に大陸へ行っていたですよ～～」

やっぱり月兎《げっと》は何度も「じゃなー」と笑顔《えがお》でうなずいてみせた。でもいちいち、握《にぎ》り拳《こぶし》を見せる仕草《しぐさ》が気にかかる……。

「わしはさ～～、戦時中に大陸でぇ～～……」

「さっきから、そればっかりじゃ」

さすがにツッコミも入る。

周りにいたおじーちゃんおばーちゃんから、どっと笑いが起こった。

月兎のツッコミは別におじーちゃんをバカにしたワケじゃない。それが判《わか》っているから、みんななごんで笑っているんだ。

だけど、ぼくの方がもっとうまくツッコミを操《あやつ》れるんだ。とかワケの判らないことを考えていると、

「――なぁ、そうでしょう。〝紅狐様《こうこさま》〟」

何度も同じことを繰《く》り返していたおじーちゃんが何故《なぜ》か、月兎のことをそう呼んだ。

そして、まるで仏さまや神さまでも拝むように、ぎゅっと月兎の手を握って離《はな》さない。

「紅狐様ぁ～～、きいてくださいよ～～。わしは～、戦時中………」

——紅狐様というのは、この町に伝わる昔話の登場人物で、人のような姿をした狐《きつね》の神さま、もしくは狐の姿をした神さまのことだ。

一種のお稲荷《いなり》さまで、町には紅狐神社という場所もある。

ジェットのクラスでは、今度、卒業生を送る会で、この紅狐様の伝説を元にしたお芝居《しばい》をやることになっている。なんというか、奇遇《きぐう》だった。

でも、うちはお寺だから、じーちゃんのことを神社の紅狐様って呼ぶのはどうなんだろう？

そう考えるとちょっとだけ、おかしくなった。

しかし、このおじーちゃんは真剣《しんけん》で、きっと信じている。

笑っては失礼。

ジェットは、ぐっと喉《のど》の奥《おく》にわき上がってきたおかしさを押《お》し戻《もど》した。

するとようやく、月兎がジェットに気付いた。

「おうっ！　ジェット……っ！」

我《わ》が目を疑うとはまさにこのことかもしれない。

「は……？」

「————じぇっとぉぉ〜〜〜〜〜〜〜〜〜ん！」

「わあぁ————ッッッ!?」

月兎が抱《だ》きついてきた。

今の今までやさしくにぎり返していたおじーちゃんの手を、ぶぼんっ、と振《ふ》りほどき、さらにはそれでもすがるおじーちゃんをひらりとかわし、かわされたおじーちゃんは、茶菓子《ちゃがし》の中に頭から突《つ》っ込《こ》み、まあたいへんと奥《おく》さんがあまりたいへんでなさそうな声で言い放ち、月兎《げっと》はものすごい跳躍力《ちょうやくりょく》でおじーちゃんおばーちゃんを飛び越《こ》え、ときには踏《ふ》み台にし、ジェットにダイヴ&ハグしてきた。

「ぢゅぇっと〜〜〜〜〜〜〜〜〜〜〜ぉっっ。さみしかったぞぃ！　サミーがしかったんじゃぁ！」

「サミーって誰《だれ》ッ!?」

「あー、ジェットぉぉぉぉっ！　もう、離《はな》さない離さない！」

「離して！　これじゃサイテーだよ？　じーちゃんっ!!」

「判《わか》っておるぞ、判っておる！　サイテーは、サイコーのはじまりじゃ、そうじゃろぉっ!?」

「ワケ判んないし！」

「照れるな、照れるな〜〜」

「照れてるんじゃなくて、あきれてるのぉ！」

「くるしゅうない！　くるしゅうないぞ！」

「わーっ！　耳に息吹《ふ》きかけないでよ!!」

「あー、これが愛というヤツか!!」

「違《ちが》うから！」

これは『恋は盲目《もうもく》』と同じ範疇《はんちゅう》だろう。

——孫に盲目。

孫に首ったけ。

オールウェイズ孫ラヴ。

そして、ただひたすらに、愛……。

そんなワケで、ジェットの月兎に対する不信感——

二割強増し。

ついでに、ジェットのツッコミ度も、二割増し。

♪

ジェットが通う桜塚《さくらづか》小学校は、祭り好きというか、とにかくイベントを行うのが好きな校風だった。春夏秋冬、各季節に一個か二個のイベントがある。

今度も卒業式を前に、卒業生を送る会が催《もよお》される。

先生たちが一芸を披露《ひろう》したり、歌を唄《うた》ったり、在校生による手作りのプレゼント、それからジェットたち四年生は劇をやることになっている。

ジェットのクラス、四年一組が現在練習中の劇の題材は『紅狐様《こうこさま》』。

——紅狐様とは、いわゆるお稲荷《いなり》さんのことで、町に伝わる昔話の登場人（？）物だ。

人の姿をしているが、顔は狐《きつね》で、しっぽが七つ生えている。

七つのしっぽにはそれぞれ力があり、ときに人を助け、ときに天災を起こし人に試練を与《あた》えた。紅狐の由来となっているのはその髪《かみ》の毛の色で、炎《ほのお》のように赫《あか》かったという。


その日もジェットは、夢を見た。

寝《ね》る前に、劇『紅狐ものがたり』の台本を読んだせいかもしれない。

プラス。月兎《げっと》のことを考えていたせいかもしれない。

夢に出てきたのは、真《ま》っ赤《か》な髪の毛に狐の顔をした紅狐様だった。

でも、ちょっぴりおかしかった。

紅狐様は、原付《ズーマー》にまたがり、我《わ》が町を法定速度を宇宙規模で無視したハイスピードで爆走《ばくそう》中。

背中にはギターの入ったGIG《ギグ》バッグを背負《せお》い、革《かわ》パンに、シルバーアクセサリーじゃらじゃら。パンクロックを鼻歌いながら。

「紅狐様、ノーヘルは危ないですよ。まったくもう」

なんて冗談《じょうだん》が言いたくなるほど、その紅狐様はまるで――月兎のようだった。

♪

キーン、キーン、キーン……。

それは、ずっと鳴り響《ひび》いていた。
それは、只人《ただびと》には聴こえない。
それは、危機を知らせる鐘《かね》。

キーン、キーン、キーン……。

それは、人外《じんがい》なるモノの存在を知らせる鐘だった。
でも、それは普通《ふつう》の人間には聴こえない。
一部の者たちにだけ、聴こえる鐘。
今夜、一際《ひときわ》大きくそれは鳴っていた。

ぶろろろーっと、原付のエンジン音が聞こえてくる。

音は、その場所で停《と》まった。

点灯されたライトが照らし出したのは、白い大きな建物だ。

そこは——ジェットの通う小学校だった。

「ったく、このようなトコに出おって……」

その赤い原付《ズーマー》の搭乗者《とうじょうしゃ》は、子供のように唇《くちびる》を尖《とが》らせた。

そいつは、白い生き物が乗っかったヘルメットを脱《ぬ》いだ。

ヘルメットの下から、闇《やみ》にも鮮《あざ》やかに赫《あか》い髪《かみ》が現れる。

しかし表情は見えない。そいつは〝狐《きつね》〟の面をしていた。

さっきまでそんなのしてなかった。ヘルメットを取ると同時に、狐の面が現れていた。まるで手品でも見せられているように。

そいつは——ヘルメットをハンドルにかけると、今度は自分の頭に真っ白く丸っこい生き物を乗せた。

あらためてスロットルをゆっくりと廻《まわ》し、ズーマーを学校の敷地《しきち》内に進ませる。

静まり返った学校は、昼間と正反対の不気味で怪《あや》しげな姿で暗闇《くらやみ》にそびえ建っていた。

学校という場所は、常に怪奇《かいき》現象の巣窟《そうくつ》だ。

たとえば、学校には怪談話《かいだんばなし》が付きもの。歴史が古くなればなるほど七不思議的伝説が生まれる。

その中にはやはり作り話の類《たぐい》が多々あるが、一方で、でっち上げばかりでもない。

現在も過去も、閉鎖《へいさ》的な空間と教育システムは、子供たちに様々なストレスをあたえる。

それは人間の思念だったり、強い想《おも》いだったり、一種の霊的物質《れいてきぶっしつ》だ。

喜び、哀《かな》しみ、怒《いか》り、恨《うら》み、つらみ。最初の内は小さいモノが、他を喰《く》らい大きくなる。

人によってその想いの大小はある。しかし、『負』をおびたモノだということは、同じ。人の集まる場所には必ず存在し、呼び合い、引き合い、やがて膨大《ぼうだい》な量の『負』と化す。

特に子供たちの持つ純粋《じゅんすい》な心から出る、出てしまう『負』は、ある種のモノたちにとってみれば格別な味。

それらは人間以外のモノたち——もののけの類。

『負』を求め、人外《じんがい》なモノたちが集まる。それが怪談話や七不思議になる所以《ゆえん》だった。

そして、この夜もそう……、

『負』に惹《ひ》かれ、闇《やみ》が迷い込《こ》んだ。

暗闇《くらやみ》にぽつんと点がひとつ浮《う》かんだ。

点はぼんやりとした淡《あわ》い光を放つ。

存在を示すかのように、数回瞬《またた》き、数メートルをゆらりと移動する。

なにかを捜《さが》すような動きだった。

すると点が、ある箇所《かしょ》でピタリと動きを止め、瞬きの間隔を早めた。

チカチカチカチカ……。

点はまるで周囲の闇を食って光っているように見えた。

と、点はふたつに分裂《ぶんれつ》した。

それから、みっつになって、よっつになって、無数に増えていく。

やがて、点は巨大な球体になり、みずからを形作る。

それは、人のカタチに似ていたが人ではない。

人よりも、腕《うで》は長く、脚《あし》は短い。

それは毛むくじゃらの狒狒《ひひ》——身の丈《たけ》は、二メートル以上はある大狒狒だった。

目の部分はくぼみ、最初に現れた点のような淡い光が中央にひとつ存在するだけ。

もののけが闇に一歩進み入る。

その反動か、身体《からだ》の一部が、ぐちゃりと崩壊《ほうかい》した。

まだ完全に形を保っていることができないらしい。しかし、それがよけい狒狒を薄気味《うすきみ》悪い存在にしていた。

おそらく正気の人間がその毛むくじゃらで肉片《にくへん》を辺りに落下させながら歩く狒狒を見たなら、気を失うだろう。

——醜《みにく》さ。

狒狒は、求めさまよう。もちろん『負』を。

ぐにゃりぐにゃりと歩くたびに、不完全な身体が前へ後ろへと折れる。

そこへ、
ぶろろろろーっというエンジン音が聞こえ、ライトが狒狒の姿をとらえた。

やけにかっこいいライディングでノーヘルのズーマーが、原付の常識を遥《はる》かに凌駕《りょうが》する違反《いはん》罰金《ばっきん》対象な猛《もう》スピードで突《つ》っ込《こ》んでくる。

キイイイイッ。派手《はで》なブレーキ音とともに、土煙《つちけむり》をあげズーマーが停車した。

「おいっ、そこの木偶《デク》の坊！　おまえの居るべき場所は、ここではないじゃろう！」

そいつが狒狒に向かって叫《さけ》ぶ。

「——というのをびゅばっと通訳しろ、テルミン！」

頭のうえの白い生き物に言うと、

「くうー、くくきゅうー、く〜〜きゅきゅっきゅう。うく？」

なにやら、その人外《じんがい》なモノに話しかける。

と、そいつらにようやくもののけが気付く。顔だけがぐるりと回転し、そいつらに向いた。チチチチチチチッ、という電気をスパークさせたようなノイズが聞こえただけで、その他《ほか》の反応はない。

「くぅっ！」

「なんと。もう『負』に取り込《こ》まれておるか!?　まったく！　狒狒《おまえ》も地霊《ちれい》のはしくれならば、気をしっかり持たぬか！　気合いじゃ！　気合いを入れろーっ！　いーち、にー、さん、ぬびやばぁぁぁぁぁぁぁぁぁぁっ！」

意味不明なかけ声はさておき、最初から言葉は届かない。もはや手遅《ておく》れだ。

完全に『負』に呑《の》み込まれていた。

そして、チチチチチチチッ、というノイズが徐々《じょじょ》に早く大きく鳴りはじめる。

「ハアハアハアっ……、うきゃー！　これだけ気合いを入れてやったのに、恩知らずがっっ！世間知らずが、親知らずが!!　ちょびぃっとばかし、痛い目を見てもらうぞ！」

そいつは、ズーマーから降りると、背中のGIG《ギグ》バッグの中から刀を振《ふ》るうように——ギターを引き抜《ぬ》いた。

「さあ、こい！」

ギターを構えると同時に、狒狒《ひひ》が襲《おそ》いかかってきた。

「なんと、邪気《じゃき》が濃《こ》くなったか!?　完全に『負』と同化しおったか！　ええいならば！」

逆さに持ったギターを振り上げたそいつは、両腕《りょううで》を高く持ち上げ迫《せま》る狒狒に向かい跳躍《ちょうやく》する。

「ちょえすとぉぉぉぉぉぉぉぉぉぉぉぉぉぉぉぉぉぉッツ!!」

ちょっと間違《まちが》ったスペルで単語を絶叫《ぜっきょう》しながら、ギターで相手を――ぶん殴《なぐ》る。

力一杯《いっぱい》。容赦《ようしゃ》なく。ぶち殴る。

しかし、

「む――――――ッ!?」

実体がないように、ギターは狒狒の身体《からだ》をすり抜けた。

いったん霧《きり》のように散った身体が、そいつから離《はな》れた場所でまた形を成す。

「うきゃー！　ったく、意味もなく器用なことしおって！　一発でやられた方が楽じゃろーが！　人のやさしさを無駄《むだ》にするヤツは、嫌《きら》いじゃもんね！」

狒狒は、やさしさの押《お》し売り御免《ごめん》と言わんばかりに、攻撃《こうげき》体勢に入った。再び、両腕を高く持ち上げる。

チチチチチチチッッッ！　ノイズを発し、突進《とっしん》してくる。

「――オーバードライヴっっ！」

そいつが叫《さけ》ぶ。

瞬間《しゅんかん》、カッと光が瞬《またた》いて、全身を包んだ。

ギターをすぅ、と下段に構える。

赫色《あかいろ》のボディが、眩《まばゆ》い光を発しはじめた。

これはギターの形をしてはいるが、神木《しんぼく》から削《けず》り出された霊妙《れいみょう》豊かな封魔調伏《ふうまちょうぶく》の法具《ほうぐ》。ただの人では到底《とうてい》使いこなすことができない代物《しろもの》。

しかし、そんなありがたさの絶頂のようなモノが、何故《なぜ》ギター型かといえば……、単にそいつの趣味《しゅみ》趣向《しゅこう》。

「若気《わかげ》の至り禁止————————ッッッ!!」

ワケの判《わか》らない気合い一閃《いっせん》。

発気《はっき》とともに、ギターが振《ふ》り上げられる。

狒狒《ひひ》はその威力《いりょく》を咄嗟《とっさ》に悟《さと》り、恐《おそ》れ、一撃目《いちげきめ》をかわしたように霧状《きりじょう》に姿を変えたが、ギターから放たれた光は、そのすべてを呑《の》み込《こ》んだ。

光は収縮し、そこに残ったのは、頭部だけになった狒狒だった。

しかし、それでもまだ動き続ける。

チチ……チチチチ……っっ。

目の部分の点が、瞬《また》き再び〝力〟を喰《く》らおうとしていた。

「まだ力を欲《ほっ》するか……力は身を滅《ほろ》ぼすぞ……。テルミン、やっておしまいなさいじゃ」

そいつは、頭のうえにしがみついてた白いヤツを地面に下ろした。

すると、白いヤツは、

「くぅ〜〜〜〜〜〜〜〜〜〜〜〜〜〜〜〜〜〜っ」

と猛烈《もうれつ》に息を吸い込みはじめ、ついには目の前の狒狒の頭部を、しゅぽんと軽い音を立て完全に吸い込んでしまった。

「とりあえずは、テルミンの中でおとなしく封印《ふういん》、ときには消化されるんじゃな」

ゲフッ、と食べ過ぎたというようにゲップをする白いヤツを再び持ち上げると、そいつは、ギターをしまった。

「こんなこと、早く終わらせねばなぁ。地霊《ちれい》までが『負』に取り込まれるとは……」

夜風に、ゆらゆらと赫髪《あかがみ》が揺《ゆ》れる。

「……じゃが、ワシらがやらねばな……。あのコにはこんなことさせられんからのぅ。そう、だからワシのラヴを、このピースなヴァイブスでうんたらこうたら……」

赤いズーマーにまたがる。

ぶろろろろー、というエンジン音が闇《やみ》に響《ひび》いた。

♪

『ジェットぉぉ〜〜♪　起きるんじゃ〜。ジェットぉぉ〜、ゲラップ、ジェットぉぉ〜〜♪』

月曜の朝。

いつも通り、いつものやなかんじの目覚ましのおかげで、目覚め悪く起こされる。

もそもそとジェットは、ふとんから這《は》い出て、勉強机のうえにある目覚まし時計を止めた。

「おはよ……っ」

またジェットのふとんに潜《もぐ》り込《こ》んでいたテルミンに言う。

それから、いつものように観葉《かんよう》植物に水をやった。

カーテンはなんだか寒くって開けられないけど、その隙間《すきま》からちょっとだけ外を覗《のぞ》く。

低い太陽が眩《まぶ》しい。

「……すごいなんか、綺麗《きれい》だなぁ……」

ジェットは、自然と感嘆《かんたん》の小さなため息をこぼしていた。

こうして、また朝がやってくる。

何事もなかったかのように。
日々は、今日も繰《く》り返す。
朝陽《あさひ》が、窓の結露《けつろ》に光って、散らばってた。

...And Out Come the Rabbits - fin.

第弐幕
雨の日は、げつよう。

——それはつまり、
きみをあいすということなんです。

track.02: DON'T WORRY ABOUT MEW

二月もなかば、寒さの中でも見事に咲いている花を見付けた。

そっと手を振《ふ》る。心の奥《おく》で応援歌《おうえんか》を盛大《せいだい》に唄《うた》ってみる。

それは誰《だれ》かが鼻歌で唄っていたメロディ。

けれど、確かに残る不確かなメロディ。

そっと手を振る。

花はきっと気付いていないのだろうけれど。


♪


丁度《ちょうど》そのころ、四年一組では、卒業生を送る会で披露《ひろう》する劇『紅狐《こうこ》ものがたり』の稽古《けいこ》も佳境《かきょう》に入っていた。

送る会の日も近い。衣装《いしょう》や装置もできつつあり、すでに役者陣《じん》は台本を手離《てばな》し、演出の担任菊間《きくま》のダメ出しも熱を帯びてくる。

菊間加代《かよ》は、まだ若い教師でその年齢《ねんれい》からしても幼い顔立ちをしていた。身長も成人女性の平均よりも低い。生徒たちの中には、菊間の身長に追い付き追い越《こ》そうとしている者もいる。

彼女は、高校大学と演劇をかじっていて的確な指示を出すのだが、相手はなにしろ小学生で、しかも演技などしたこともないような彼らには少々手厳しかった。

特に――ジェット少年に関しては、自分自身で「あー、ぼくって役者さんの才能ないんだなあ。とほほだよ」と思わせるに十分だった。

ジェットは、『少年A』とか名前のない役だったけれど、物語中盤《ちゅうばん》の重要なシーンで登場する。

通し稽古では、何度やっても途中《とちゅう》で科白《せりふ》に詰《つ》まって芝居《しばい》を止めてしまった。

「ちょっと！　ジェットくん！　そこはさっきも言ったでしょ⁉　手をあげるの！　手をあげて、紅狐様にすがるようにするの‼」

菊間が金切り声を上げた。

そして、また芝居が止まる。ただ止まっただけじゃない。教室全体の空気が一気に張りつめ、全員の緊張《きんちょう》を高めてしまう。

それはジェットだけにとどまらず、他《ほか》の生徒を巻き込《こ》み失敗の連鎖《れんさ》を生む。あとは、菊間の金切り声、失敗、金切り声、失敗失敗失敗の繰《く》り返《かえ》し。

ピリピリムード。大勢でひとつのことを成《な》し遂《と》げようとしているときには、最悪の雰囲気《ふんいき》。みんな押《お》し黙《だま》り、失敗を誰かのせいにしはじめる。

菊間は、とても熱心で責任感も強く普《ふ》段《だん》は生徒たちにも好かれている教師だ。

しかしながら、まだまだ若い。それ故《ゆえ》に時折、勢い、あ、ま、っ、て、しまう。

感情的になりすぎてしまう。必要以上に、期待をしたり、しかったり。

劇の稽古《けいこ》中でもそうだ。

菊間《きくま》は、自分は演劇をやっていたからきっとうまくいくと思っていた。

でも、そうじゃない。生徒たちは、菊間が演劇をやっていた学生のころよりもずっと幼くて、
もちろん演技もやったことがなければ、科白《せりふ》覚えも悪くて、言ってしまえばヘタっぴだ。

だが、菊間は気付いてない。

自分がこんなにも一生懸命《いっしょうけんめい》教えているのだから、子供たちも判《わか》ってくれる。応《こた》えてくれる。

と思っている。

だから期待するし、それで裏切られたと思って、怒《おこ》りもする。

子供たちにしてみれば、とても身勝手な話だろう。

けれど、子供たちがそんなことを口に出して言えるはずもない。

なんとかして、先生の期待に応えようとする。でも、できない。

特に、ひとりミスを連発し、菊間の怒《いか》りの集中砲火《ほうか》を浴びるジェット少年は、教室を緊張《きんちょう》の
るつぼとしてしまったことで、反省しきり。

「……ハアーっ。もういい！　今日はおしまい！　みんな片付けて」

そう言うと、怒り疲《つか》れ、思い通りにならない劇の仕上がりに菊間はうなだれながら、ひとり

教室を出て行った。

残された生徒たちの誰《だれ》もがしばらくどうしていいのかすら判らなくて、ただその場にぼけっと立ちつくしていた。

そして、誰からともなく「じゃあ片付けよう」と声があがり、ひとり、またひとりと、教室の後方に下げられた机を元の位置に戻《もど》しはじめた。

だが、やはりその中でもジェットは魂《たましい》の抜《ぬ》け殻《がら》のようで、ひとりどうすることもできず、クラスでも一際《ひときわ》小さいその身体《からだ》をさらに小さくして教室の隅《すみ》っこに膝《ひざ》を抱《かか》えてうずくまった。

「はぁ……もう……なにやってるんだよ……。なんであんなおなじとこで何回も……」

口をついて出る後悔《こうかい》と反省の言葉。

それを今言ったところでどうなるワケでもないのに、言わずにはいられない。

「――『たられば』を言ってもしょうがないじゃろ? あれをしておったら、あのときああやっとれば、とかのぅ。そればっかりじゃなんにもできん。大切なのはきっと、それからどうするかじゃろ」

ジェットは、月兎《げつと》が言っていたことをぼんやり思い出した。

それを聞いたときは、あたりまえじゃないかそんなの。とか思っていたけれど、まさに今、自分はうしろばかり振《ふ》り返って気を滅入《めい》らせている。

「……でもなぁ～っ」

それを言っても仕方がないことだと判《わか》っているのに、やっぱり口から、心から出てきてしまう。

べつに、じーちゃんに反抗《はんこう》するワケじゃないけどさ……。

今日はぜったいぼくのせいだし。菊間《きくま》先生を怒《おこ》らせちゃったし。みんなにも迷惑《めいわく》かけたし。

卒業生を送る会の本番までもうすぐなのに……。

「はあ〜……」

ため息は、より深く重く。

膝《ひざ》を抱《かか》えた腕《うで》の中に、ぐっと顔を埋《うず》めた。と、

「——ジェットちゃん」

明るくて耳によく馴染《なじ》んだ声が頭のうえから降ってきた。

雲間《くもま》から地上に射《さ》した光。という感じだった。

こんな気持ちから救われたくて、うつむいてないで顔を上げたかった。

頭を起こして、声の方に向く。

見上げるそこには、やはり馴染んだ顔があった。

「あ……ミー……違《ちが》っ、た……たばさ……さん……」

クラス委員で、ジェットの席の斜《なな》め後ろの女の子——束紗《たばさ》美雨《みう》だった。

彼女は、女子生徒を中心に、教師の間でも評判の美人さんで、可愛《かわい》いというよりはやはり美

人と言われる。

身長も、(悲しいかな)ジェットよりも高く、長い黒髪《くろかみ》で落ち着いた雰囲気《ふんいき》の印象を受ける。

でも実際の彼女は、外見の印象よりも明るくて活発で、世話《せわ》好きで、特にクラスメイトで家が近所で——幼馴染《おさななじ》みであるジェットには、あれこれと構ってくる。

がしかし、ジェットにしてみると、これは由々《ゆゆ》しき問題になりつつあった。

四年生にもなって「女の子と馴《な》れ合っているダメなヤツ」だとか、後ろ指を指されかねないからだ。

そういう空気が四年生になってすぐに発生した。

女子の多数は、あっそ。という感じなのだけれど、一部の女子の中には、気にくわないとばかりに、男子と喧嘩《けんか》になったりすることもある。

ジェットは、そんな現状を憂《うれ》うばかりで、なにができるというワケでもない。

三年生までは、女子も男子も一緒《いっしょ》に遊ぶこともあったのに、四年生に進級するころを境にぱたりとなくなった。

男子の中にも、女子を『ちゃん』付けで呼んでいた子もいたが、それが『さん』付けや名字の呼び捨てに変わった。逆もしかり。

ついこの間まで、手をつないで一緒に歩いていたあの男の子と女の子も今は手を離《はな》して歩いている。

あんなのは最初からなかったんだよ。とでも言うように、素知らぬフリで。

ジェットは、不思議に思う。

いつの間《ま》にか、自分もそうしないといけなくなって。本当はそんなことしなくてもいいんじゃないかと思いながらも、距離《きょり》を置き、線を引いた。

誰《だれ》がこんなことをはじめたのか、きっと誰も知らない。

自然発生的にはじまって、今となっては完全に男子と女子は見えない国境線のせいでまったく別の国のようだ。敵国とまで言い出しそうなイキオイ。

もしもあやまってフラフラとその国境を越《こ》えようものなら、どんなことになるか。

なのに、美雨《みう》はその国境を軽々と平気で越えてきてしまう。

気が付くと、ジェットの傍《そば》に寄《よ》り添《そ》うようにしている。

「に、忍者《にんじゃ》っ⁉」

とか、たまにツッコミを入れたくなるくらいに自然に、傍で笑ってる。

が、ジェットはこのせいで、何度も男子のひやかしにあってきた。

「ジェットって、束紗《たばさ》とデキてんだろ？」

ニタニタと口元をゆるませながら、鬼《おに》の首を取ったように言う。

その度《たび》、ジェットは必死になって、

「ち、ち、違《ちが》うよ！　そんなんじゃないよ！　あの、その、え、えっと……なんでもないよ⁉」

と否定してしまう。顔を真《ま》っ赤《か》にして、ムキになってしまう。

ジェットが必死になるモノだから、周囲もおもしろがってますますからかってくる。

本当に違《ちが》うんだよ。と説明したくてもあとの祭り、火に油を注いでしまったよう。

でも、美雨《みう》は違う。ははは、と笑って肯定《こうてい》するでも否定するでもなく、男女を分ける国境を軽々と越《こ》えるのと同じようにひやかしもひょいとかわす。

やはりそういうところも、自然にしている彼女《かのじょ》。

今も、そうだ。そうやってジェットに簡単に声をかけてくる。

「だいじょうぶ？」

美雨が訊《き》く。

大丈夫《だいじょうぶ》じゃないかも。と泣き言が一瞬《いっしゅん》、口をついて出そうになった。

けど、言わない。ジェットはぐっとこらえるとおもむろに立ち上がった。

ジェットは女子のことをもちろん敵国なんて思ってないし、他《ほか》の男子のように露骨《ろこつ》に距離《きょり》を置いたりもしない（でも完全に周囲に流されてはいる）が、美雨との距離感の保ち方には正直、戸惑《とまど》っていた。

ふたりは、幼馴染《おさななじ》みという生まれたころから続いている関係。

ジェットは美雨のことについて考えたこともなかった。

ずっといっしょだったから、なんにも考えなくてよかった。

そんな必要もなかった。

なのに、急に周囲が変わって、いろんなことに気付いて、考えなければいけなくなったんだ。

美雨のこと、月兎《げっと》のことだってそう。

考えてみると、突然昨日《とつぜんきのう》まで普通《ふつう》だったことが変に感じられて、昨日まで変だったことが普通に感じられるようになってしまった。

月兎は、実は変なじーちゃんで、世間一般《いっぱん》からするとすごく浮《う》いていて。

美雨は、実は幼馴染みだけれど……、
あれ？　なんだっけ……。

「どうしたの？　ジェットちゃん」

急に立ち上がって歩き出したと思ったら、今度は立ち止まってなにやら考えごとをするジェットの背中に、美雨が訊《たず》ねる。

「う、ううんっ。べつに……、なんでもないよ」

それと、そのジェットちゃんっていうのやめてくれない？　とまでは言えなかった。

ジェットは振《ふ》り返らずに、誰《だれ》かが戻《もど》した自分の席に着いて帰り支度《じたく》をはじめた。

今日は、最悪だった。

――自分が。

あんな簡単なところで演技や科白《せりふ》を間違《まちが》った。

自分の部屋で、テルミンを相手に練習したときはぜんぜんうまくいっていたのに。まあ、テルミンは聞いていただけだけど。

今日は帰ったら、もっともっと——

「練習しよ」

「——えっ？」

またも考えごとで、ぼーっとしていたジェットに美雨《みう》が言った。

不意を突《つ》かれて、ジェットは彼女《かのじょ》の顔をまじまじと見てしまう。

「わたしも付き合うから、がんばろうね」

そう言う彼女は、自分の席の荷物をてきぱきとまとめ、ついでに呆然継続《ぼうぜんけいぞく》中のジェットの荷物をまとめるのも手伝う。

「あ…あれ……？」

気が付けば、ジェットは美雨に手を引かれ教室を出ていた。あんまり美雨が自然で、クラスの生徒たちのひやかしにさらされることもなく。

そして、ふたり肩《かた》を並べて、下校していた。

ジェットもクラスの誰《だれ》も変だとも不思議だとも思わなかった。

何故《なぜ》なら、そういうことが一年足らず前には普通《ふつう》に行われていたからだ。

ジェットと美雨だけじゃない。クラスの男子と女子の間で。

でも、ジェットは、そうか。これは普通のことなんだとは考えられなかった。

今の男子と女子の関係。本当はすごく不自然で、おかしいかもしれないこと。一方で、それが自然のなりゆきで生まれた関係性だということ。

どっちが正しいか正しくないかじゃない。

——自分がどうしたいか。

そういう考えを持つまでには、もう少しかかるだろう。

しかし少年が——それを知るのは、そう先の話じゃない。


♪


束紗《たばさ》美雨は、勉強も運動もよくできて、明るく、美人で、クラスの委員長だ。

みんなから人気もあって、今度の卒業生を送る会の劇では主役の〝紅狐様《こうこさま》〟を演じる。

普段《ふだん》クラスの男子生徒たちは、女子に対してつれない態度をとっているけれど、密《ひそ》かに、美雨に淡《あわ》い恋心《こいごころ》を抱《いだ》いている者もいる。

そんな複雑な男子の気持ちは、結果、彼女と親しいジェット少年に屈折《くっせつ》した形で向けられてしまった。

自分の心の内を他人に悟《さと》られないため、それからジェットに対する嫉妬心《しっとしん》から、男子たちはジェットをからかったりする。

そんなことを知りもしないジェットにすれば、とっても迷惑《めいわく》で、「身勝手すぎるよ！」とわめきたくもなるだろう。……もっとも彼《かれ》は何も気付いてないけれど。

周囲の変化に敏感《びんかん》に反応《はんのう》するクセに、自分のことになるととことん肝心《かんじん》なところで鈍感《どんかん》だった。良くも悪くも何事も、自分よりも他人を優先する気持ちがあるジェットだ。

美雨《みう》はもちろん、そんなジェットのことをよく知っている。

幼馴染《おさななじ》みで、ずっと彼のことを見てきた。

周囲には、美雨はしっかりもので世話《せわ》好きで頼《たよ》れる存在だと思われている。

彼女《かのじょ》自身もそれを理解している。

——でも、本質はきっとそうじゃない。

彼女はクラスの他《ほか》の女の子となにひとつ変わらない。

普通《ふつう》の小学四年生だ。

ただ、ちょっとした秘密を抱《かか》えているだけ。

それだけ。

他の子と変わらないその証拠《しょうこ》、というワケでもないけれど——男子の何人かが束紗《たばさ》美雨を密《ひそ》かに想《おも》うように、美雨にも好きな男の子がいる。

その男の子は、自分よりも背が低くて、よく「かわいい」と言われてしまう女の子顔、色素の薄《うす》い瞳《ひとみ》や赤茶けた柔《やわ》らかい髪《かみ》の毛、すごく素直《すなお》でその分だけいつも苦労をしてしまう遠廻《とおまわ》りな性格。けど、いつも周りのことを見ていて、いつも誰《だれ》かのことを気にかけている。

なのに、ね……。どうしてか笑ってしまうくらい鈍感。

そんな男の子。

それも全部、大好きと言える。

大声でだって言える。

でも、恥《は》ずかしいから言わないけれど。

それに、言えない。

言えない理由が――ある。

♪

ジェットと美雨が雛菊家《ひなぶきけ》に帰り着くと、玄関前《げんかんまえ》で鼻歌を唄《うた》いながら愛車の原付《ズーマー》のフレームを磨《みが》いていたであろう月兎《げっと》に、人が群がっていた。

群がっていたといっても、たった三人。

しかし、それはとてもやかましくて、三人で十数人いるようだった。

「マジかっこいいんだけど」

「てかさ、髪《かみ》なにで染《そ》めてんの？」

「パねぇ」

「勝手に、ケータイで写真とるな！　ぴろりんぴろりんうるさいんじゃ！　髪を触《さわ》るな！　イテッ！　抜《ぬ》くなっ！　おまえは『パねぇ』ってなんじゃ！　何語じゃ⁉」

「かわいいっ！」

「怒《おこ》ってるんですけどぉ」

「マジパねぇ」

「だから、写真禁止！　一回、百円！　だから、髪触るなっ！　そして、おまえは何語喋《しゃべ》ってる⁉　何星じゃ？　何星からきた！」

近くの高校の女子高生だ。

スカートは短くて、ケータイは無駄《むだ》にラメったシールが貼《は》られている。化粧《けしよう》もばっちりで、ジェットと美雨《みう》の担任、菊間《きくま》よりオトナ（というよりケバイ）に見えてしまう。

しかも、キャーキャーうるさいことこの上ない。

「つーか、おまえらなんじゃ、なんのようじゃ⁉」

さすがの月兎《げっと》も、あからさまに嫌《いや》がる表情で言う。

「ツレがさぁ、ここらへんで、すっげーかっこいい男見たって言っててぇ」

「なんか、それが赤い髪で目立つってたからぁ」

「んで探してたらぁ、見付けたわけぇ」

「ワシがかっこいいのは知っとる。目立つのは仕様《しよう》がない。だって——ワシかっこいいから！

そしておまえはちゃんと言葉喋れるんじゃったら最初から、喋れ」

「ヒャハハハハハハ、マジウケる！」

ぴろりろりんぴろりろりんとバカ笑い。

月兎の表情が見る見るイラだったものになっていく。

「むきーっ！　帰れ、おまえら帰れ！　星に！　猿《さる》の惑星《わくせい》に!!」

スモウレスラーのように、ビシビシと張り手で女子高生たちの背中を押《お》していく月兎。

しかし、

「んじゃ、またくるしぃ」

「ケータイ教えてくんねぇ？」

「メールもー」

「うっさい、ボケ！　二度とくるな！　おまえらにケータイ教えるくらいなら、まっぷたつに折って、伝書鳩《でんしょばと》を飼うわぃっ！　だから、写真とるな！　ハゲッ！」

ハゲてません。

ヒャヒャヒャヒャと笑い声を残して、女子高生たちは嵐《あらし》のように去っていった。

法事のときといい、今回の女子高生といい、月兎《げっと》は、ジェットが思うよりもずっと世間からすれば、いい風《ふう》に見えるよう。

まあ、たしかに……、見た目は……ねぇ……。

見た目といえば、月兎の今の格好《かっこう》は、コートにマフラーと毛糸のあったか手袋《てぶくろ》という装備のジェットと美雨《みう》に比べて、とても薄着《うすぎ》。いつものようにパンクな格好。手袋もなにもしていない。

そんな寒そうなカッコでずっと外にいたのかなぁ。

と、ジェットは以前テレビで言っていたことを思い出した。

『近頃《ちかごろ》のお年寄りはとても元気で健康』

月兎はまさにそれだった。今も、女子高生相手に一歩も譲《ゆず》らずだ。

でも、ちょっと、というかだいぶ元気すぎるような気もするけど……。

荒《あら》かった鼻息もおとなしくなったころ、月兎はようやく玄関先《げんかんさき》に立つ、ジェットの姿に気が付いた。

イライラしていた表情は、あっという間《ま》に、やわらかないつもの笑顔《えがお》に変わった。

「じーちゃん、ただいまー」

「ジェット〜っ」

そしていつものように甘《あま》えるように言って、駆《か》け寄ってくる。

いや、一方的にジェットに。まるで美雨が眼中にないように。

「うおかぅあぅえりぃーっ！」

ゆるやかな歩みはやがて早足になり、そして、

「ジェットぉ〜〜〜〜〜〜〜〜〜〜っ!!」

例のごとく、飼い主に甘《あま》える大型犬のように猛《もう》ダッシュで月兎はジェットに飛び付いてきた。

「じ、じーちゃんっ！　く、くるしぃし、恥《は》ずかしいからっ！　てか——ミーちゃんがいるんだよッ!?」

「ミー？　ん？」

すると、月兎はようやく傍《そば》に美雨がいることに気が付いた。

「おーぅ、ミウミウ！　なんじゃー、ひっさしぶりじゃのぅ。お元気にしとったのかのぅですじゃ？」

……なんで微妙《びみょう》に敬語。

それになんかよそよそしいのは、何故《なぜ》？

ジェットが心の中で勘《かん》ぐっていると、

「はいっ。月兎おじーちゃんは？」

しばらくぶりの月兎はあいかわらずの調子で、美雨は少しおかしそうに口に手を当てた。

ちなみにミウミウというのは、月兎が美雨を呼ぶときの愛称《あいしょう》。でも月兎の他《ほか》にそう呼ぶひと

は誰《だれ》もいない。もちろんジェットもそんな風《ふう》に呼んだことは一度もない。

「ワシはこのとおりじゃっ」

言って、月兎《げっと》は両腕《りょううで》を振《ふ》り何度も不必要に膝《ひざ》を屈伸《くっしん》させてみせる、見せる、そして魅《み》せる。

いやいやいやいやいやいやいやいやいや。

そんなにやんなくていいよ。見（魅）せすぎだから。

じーちゃんが元気なのは、ぼくが一番よく知ってるから！

と心の中で密《ひそ》かに思いつつ、ジェットは、月兎（大型犬）に抱《だ》きかかえられ乱れに乱れた髪《かみ》や衣服を正す。

「あー、あれかー、今日はー、ふたりで宿題かー？」

何気《なにげ》ないフリをしながら、しらじらしく月兎が訊《き》いた。

しかしジェットはその科白《せりふ》の流れにぎくりとしてしまった。

このあと、美雨《みう》が答えることがジェットの予想通りならまずいことになる。

いや、きっと予想通りだ！

「いえ。今日は、劇の練習です」

美雨が言った。

「劇？　練習ぅ？」

月兎は、言葉の意味が判《わか》らないといった風に首を傾《かし》げる。

ジェットはあせあせと、

「ああっ、そうそう！　げ、ゲキの練習！　ゲキを入れる…れ、練習？　う、うん！　いくぞー！　いーち、にー、さーん、だぁぁあーっ！　ほら、ね、ねぇー、ミーちゃん！」

もうめちゃくちゃを言う。

「ほ〜ぅ。なんか、おもしろうそう！」

月兎は、らんらんと目を輝《かがや》かす。

おもしろくない。おもしろくない。

てか――ヤヴァイ。

劇のことを知ったが最後。じーちゃん、ぜったいにいっしょに練習するとか、ワケの判らないことを言い出すに決まってる。

そうか！

あのしらじらしい感じは最初からいっしょに遊ぶ気まんまんだったんだ！

ほらほら、きたっ！

「ああ、そうじゃ！　ジェット！　ワシもいっし――」

「――――あーっ！　ごめんね、じーちゃん！　バイクの掃除《そうじ》してたんでしょ!?　いや〜、邪《じゃ》魔《ま》しちゃったね。ほんと、ごめんね〜。ぼ、ぼくらもう行くからっ。ほら、続けて続けてくださいな〜〜」

そして「んじゃッ!」とか言って、ジェットは美雨《みう》の手を引き、さっさと家の中へと入っていった。

「あっ、ちょっと、ジェットちゃんっ?」

「あうぅっ! ジェットぉ……ワシも…………仲間に入れ…………。って…もうおらんし……っ」

しょぼんと肩《かた》を落とす月兎《げっと》は、

「ちぃっ! ミウミウに一歩先を行かれてしまったわぃ!!」

あのしらじらしい感じは実は、美雨にジェットを独占《どくせん》されてしまうのを勘《かん》ぐっていただけだった。

ジェットが思っていたのより、タチが悪い。

孫の幼馴染《おさななじ》みに、嫉妬《しっと》してどうするというのだろうか。

仕方なくズーマーの手入れを再開した月兎だが、でも気は乗らない。

そこへ、

「くぅ?」

ひとりでご近所へ散歩に行っていたテルミンが戻《もど》ってきた。

「くーぅっ」

ただいまとでもいうように、テルミンは月兎の赫《あか》い頭に向かってジャンプ。

ぴょこん、と見事に着地するも、

「…………ちくしょ……ぉ〜……ぃ」

月兎の心はここにあらず。

もう、ふたりの様子が気になってしょうがない。

ついには、どうやってジェットの部屋に乱入しようかという考えを巡《めぐ》らせはじめた。

「くぅっ」

ぽむっ、とテルミンが月兎の頭にかぶりついた。


「ふぅー……あぶなかった……」

二階への階段を上っている最中、ジェットは小声ながら思わず心《ヽ》の声が漏《も》れ出てしまった。

ジェットは、月兎に卒業生を送る会で『紅狐《こうこ》ものがたり』の劇を演《や》ると伝えてない。

月兎に知らせると多少マズイかもと。

どうしてかといえば。

まず、送る会は、卒業生の父兄はもちろん在校生の父兄にも公開される。

行われるのは平日なので、そんなにひとが集まるわけではないが、月兎の場合、法事や寺の仕事がない場合、確実に見にくるはずだ。

いや、月兎《げっと》のことだから仕事を放《ほう》り出して、劇を見にくる可能性が高い。

……とても、不安になってきた。

しかもジェットが出演者に名を連ね、なおかつジェットの幼馴染《おさななじ》みであり月兎とも馴染みの深い美雨《ミウミウ》が主役となれば、絶対にくる。

一週間前から会場の体育館の前にテントを張りかねない。

そういえば偶然《ぐうぜん》にもこの間、駅前の商店街の福引きで月兎は、ビデオカメラを当てていた。

なんたる強運。ジェットにしてみればなんたる不運。

——見られたくないよ……。ぼくの演技は…………ハア……。

今日のことが思い出されて、ジェットは部屋の前に到着《とうちゃく》しても戸に手をかけたまま中に入らないどころか戸を開きもせず、がっくり肩《かた》を落として立ち止まってしまった。

「あの、ジェットちゃん……」

不意にそんなジェットの心の内を知ってか知らずか、美雨《みう》がジェットの手を引いた。

——ん?

ちゃん付けで呼ばれても、もはや気にもならなかった。

——あ……しまっ……た。

視線を下に向けたジェットは、視界に入ってきた自分の手もとにおののいた。

ジェットは美雨の手をずっと握《にぎ》ったままだった。

というより、今現在も握ってました。

しかも、ジェットが繋《つな》いだ自分の右手と彼女の左手を持ち上げ、それをまじまじと見つめているうちに、見る見る美雨の頬《ほお》が赤くなっていくではないですか。

「ぶぁはぅっ！」

謎《なぞ》の擬音《ぎおん》を発し、ジェットは慌《あわ》てて手を離《はな》した。

くるりと、自分の部屋の戸に向き直って、ひたすら高速で深呼吸をした。

過呼吸《かこきゅう》なんて知らないイキオイで。

美雨が赤くなるのにつられて自分の顔も真《ま》っ赤《か》だ。

いや。でもそれは過呼吸のせいですよ。

なんていう、ジェットは自分に対するツッコミを持ってない。

自動ドアではないので、待っていても勝手に開かない戸をようやく開き、ジェットは部屋に一歩踏《ふ》み入る。

顔がまだ赤い。

いやいや。だからそれは過呼きゅ――――……、

「あー、そうだ……。久しぶりだね、こうやってジェットちゃんの部屋にくるのも……」

美雨はキョロキョロと部屋の中を覗《のぞ》き込《こ》むようにしながら、ジェットに続く。

「そ、そうだっけ？」

なにを言ってるんだろう。久しぶりって、ミーちゃんがきたの……、あれ？

……いつだったっけ？

さっぱり思い出せず、ジェットはなんとか落ち着いてきた呼吸を気にしつつ、美雨《みう》の様子も気にかけてみた。

「ほんと久しぶりだなぁ……」

まだ言っている。

しかしなれた様子で、美雨は、以前はそうしていたようにちょこんとベッドの縁《ふち》に腰《こし》かけて、足をぶらぶらと揺《ゆ》らした。

ジェットは、不思議な気分になってきた。

どうも、美雨が今、自分の部屋にいる状況《じょうきょう》がしっくりこない。

前は、よく互《たが》いの部屋を行き来していたのに。

この一年ほどで、何が変わったというのだろう。

なんにも変わってない。少なくとも自分は。

背も伸《の》びてないし……。

一方の美雨は——

美人だとよく言われてるし、背も高めなので、目立つ。

本人には、そんなつもりはないのだろうけれど、わりと目立ってしまう。

ごくっ。

と何故《なぜ》か生唾《なまつば》を呑《の》んでしまった。

の、喉《のど》が渇《かわ》く……っ。

「久しぶりって、言えばさ」

美雨が言う。

「ん？　なに？」

これ以上黙《だま》っていられると、よけいに喉が渇きそうなので、ジェットは、何気《なにげ》ない素振《そぶ》りを装《よそお》って、ランドセルを脱《ぬ》ごうとした。そしたら、

「——ミーちゃんって言ってくれたのも、久しぶりだよね？」

「ん？　…………んわあッ!!」

思わず、脱ぎかけのランドセルをハンマー投げのように窓の外に全力投球しそうになるぐらいもんどりうつ。

しまった。と思った。

手はつなぐし、うかつに美雨を部屋に入れてしまった。

こんなのクラスメイトに知られたら……。

以前はこうやって互いの家を、部屋を普通《ふつう》に行き来していたため、玄関前《げんかんまえ》で月兎《げっと》から逃《に》げるように、あたりまえのように自分の部屋にやってきていた。

ど、ど、ど、どうしよ⁉

ほら――

「ジェットちゃんやわたしだけじゃなくてさ。みんなも前みたいに、普通《ふつう》にあだ名で呼んだりすればいいのに……その方が、きっとうれしいよ。呼ぶ方も呼ばれる方も……ねぇ」

美雨《みう》は、照れくさそうにでもすごくうれしそうに笑っていた。

きっとこんな素直《すなお》で無防備《むぼうび》な笑顔はクラスの誰《だれ》にも見せることがないなんて、ジェットは思いもしないだろう。

彼女《かのじょ》はしっかりと彼《かれ》を見て、彼はずっと遠くを見ていて。

そこにない景色《けしき》になにかを見付けようとして。

ただジェットは、恥《は》ずかしくて耳まで真《ま》っ赤《か》になった。

学校でからかわれるから、『ミーちゃん』なんて昔からのあだ名を呼ばないようにしていた。

いつもは気を付けてちゃんと『束紗《たばさ》さん』て呼んでいたのに。

クラスの男子は、美雨のことを『束紗』とか『委員長』と呼んでいるが、ジェットは呼び捨てにも抵抗《ていこう》があり、委員長と呼ぶには親しすぎて今さらで、でもあだ名（しかもちゃん付け）

で呼ぶことでからかわれたりするのはもっと嫌《いや》だし、美雨も巻き込《こ》んでしまう。
だから、『たばささん』なんて微妙《びみょう》に言いにくい言い方をしていた。
本当なら、ミーちゃん。って簡単に言えるのに、無理をしてる。
ジェットにとって、幼馴染《おさななじ》みという関係は今、とってもやっかいで面倒《めんどう》なモノだった。
近頃《ちかごろ》の、月兎《げっと》問題とならぶ二大悩《なや》みの種だ。
月兎も、美雨も、何故《なぜ》そんなに変わらずにいられるんだろうか……。
ふたりともごく自然にしているだけなんだ。
きっと……。
自然が不自然で、不自然が自然で。
そんなのって、おかしいじゃないか。
ぼくは……、ぼくだって……。でも……。

♪

ほら——

雨によく似た白いあいつは、いつでも街を隠《かく》してしまう。
しろく、あわく。
僕等《ぼくら》が歩いてきた足跡《あしあと》も足音も。
きみのこえも。
だからね。だからかな。
誰《だれ》かがノックした音も聞こえないフリをしたんだ。
ココロを叩《たた》いた音を聞こえないフリをしていたんだ。
雨によく似た白いのは、いつでも隠してしまう。
僕等のキセキとか。
あの人は、言ったんだ。教えてくれたんだ。
隠れんぼなら、得意さ。
きっと、君を見付けるよ。
ハローハロー、聞こえますか？
ハローハロー、あなたがいますか？
ハローハロー、此処《ここ》に居ます。
ほら、跳《は》ね返った。
きみのこえ——

雪が降った。

ここ数日、とても冷え込《こ》んでいたし、空だってずっと不機嫌《ふきげん》そうにくもっていた。

そりゃそうだ。

雪も降る。

冬なんだから。

ジェットは自室の窓辺に立って、じゃーっとレールを滑《すべ》らせ淡《あわ》いブルーのカーテンに手をかける。途中《とちゅう》でひっかかり、ぐっぐっぐっと何度か引っ張ってようやく開いた。

寒かったせいでずっとカーテンを開いてなかったんだと知る。

時刻は夜十時。もう目蓋《まぶた》も半分閉じかけている。

窓ガラスにじっとりと広がる結露《けつろ》を手でぬぐい、窓に顔を近付けた。

直接触《ふ》れていないけれど、頬《ほお》にひんやりとした外気の冷たさを感じた。

「あしたは……うまくできるといいな……」

今日は、夜遅《おそ》くまで、美雨《みう》と劇の練習をした。

美雨は、自分以外の役も担当してずっとジェットの練習に付き合ってくれた。

帰り際《ぎわ》、ジェットは美雨に、

「ありがと」

と言った。素直《すなお》に言葉が出た。

無理なんかしてない。

「うん。がんばろうねっ」

彼女《かのじょ》は、小さく手を振《ふ》って家路《いえじ》についた。

黒く長い綺麗《きれい》な彼女の髪《かみ》が冷たい夜風に揺《ゆ》れた。

がんばれるかな？

がんばろう。

がんばんなくっちゃ。

劇も、いろいろも……。

時間の速さに、驚《おどろ》いたりもするけれど。

息を止めたって時間は止まらないし、待っててもくれない。

やらなきゃならないことをやるだけなんだ。

……眠《ねむ》いや……。寝《ね》よう……。

おやすみなさい………。

ガラス窓の平面を伝って落ちる雫《しずく》が、遠くに光る猛《もう》スピードで通りすぎるライトを丸く映していた。

♪

東紗美雨《たばさみう》が〝彼《かれ》〟を好きになったのに、理由なんてないかもしれない。

あのころ、美雨は誰《だれ》に強制されたワケでもないが、男の子みたいな格好《かっこう》をしていた。家が格闘技《かくとうぎ》の道場をやっていることもあったが、それ以上に彼女は同性の子たちよりも男の子たちと外を飛び廻《まわ》っている方が楽しかったからだ。

サッカーや野球や鬼《おに》ごっこや秘密基地《ひみつきち》ごっこ。

〝彼〟と作った秘密基地は、ふたりで入るだけで狭《せま》く感じてしまうくらい、いいかげんでぼろっちぃ段ボールでできた、でも大切な場所だった。

それも数日後に台風がやってきて跡形《あとかた》もなく消えてしまったけれど。

あのとき、なんだか判《わか》らず泣き出してしまった彼女をなぐさめたのは、おっきな瞳《ひとみ》に彼女と同じように涙《なみだ》をいっぱいためてるクセに、やせがまんして強がる彼だった。

「だいじょうぶ！　またぼくがつくるよ。こんどはたいふうがきてもぜんぜんへいきだよ」

言いながら泣き出してしまった彼を今度は彼女がなぐさめて、結局、ふたりで泣いた。

うさぎみたいに真《ま》っ赤《か》な目になるまで。

彼女が、玄関《げんかん》の戸に手をかけようとすると、すぐ向こうに人の気配を感じた。

がらがらと戸を開ける。

「遅《おそ》かったな」

「ただ今帰りました」

目の前の男性が言うと、彼女はぺこりと頭を下げた。

「御当主《ごとうしゅ》のところか？」

「はい」

「そうか……」

男性は、なにか言葉を続けようとして一度口をつぐんだ。

「……自分の役目を忘れるなよ」

言って、くるりと彼女に背を向け家の奥《おく》へと続く廊下《ろうか》に歩を進める。

「すぐに着替《きか》えて、道場に行け。今日は私が稽古《けいこ》を付けよう」

「はい。ありがとうございます、父様《とうさま》」

彼女は、一礼すると男性のあとを追って家に上がった。

父様——判《わか》っています。

わたしがわたしであること。

わたしが生まれてきた意味。

これが使命だとか義務だとか、生まれる前から決まっていたことだとしても。

きっとわたしは自分で選んでいたと思います。

そして望んでいたと思います。

彼《かれ》の傍《そば》にいること——


ずっと、傍にいたいだけなんです。

♪


「あれ？　とーさん、おはよっ」

朝。めずらしく父、正宗《まさむね》がキッチンでコーヒーをすすっていた。

いつもならこの時間、まだ仕事場にいるか、泥《どろ》のように眠《ねむ》っているか。

正宗は、頭にタオルを巻き付け、顔には濃《こ》い疲労《ひろう》の色と濃い無精《ぶしょう》ヒゲ。よれよれの服が〝戦い〟の過酷《かこく》さを教えてくれていた。

しかし一見、疲《つか》れ切っているようだが、その表情はとてもさわやかで、やり遂《と》げた達成感《たっせいかん》に満たされている。

キッチンには、正宗《まさむね》だけではなく、彼の仕事のアシスタントの若い男性や女性数人が、正宗と同じ颱風一過《たいふういっか》のような晴れ晴れとした表情で、朝食の用意や休憩《きゅうけい》をしていた。

「ジェットくんも食べる?」

ガスコンロに向かってフライパンでハムエッグを作っていたアシスタントの女性は、目の下にクマを作りながらもにこにこと笑った。

「あ、はい。お願いしますっ」

ジェットも笑顔《えがお》で応《こた》えた。テーブルの、正宗の隣《とな》りに腰《こし》かける。

正宗はどうやら、〝締め切り《しき》〟という名の修羅場《しゅらば》を乗り切ったようだ。

父、正宗の職業は——少女まんが家。

『ぺこぺこ』という月刊誌に連載《れんさい》を持つ。雑誌の掲載《けいさい》作品の中には、まもなくアニメ化されるほど人気のモノもある。わりと有名な月刊誌だ。

が、正宗は、人気があるワケでもなく、かといってまったくの不人気というワケでもない微《び》妙《みょう》な立ち位置の漫画家《まんがか》。

日々、締め切りとアンケートはがきに背中をつつかれている。

その、漫画家の背中を締め切り等《など》でつついたりしているのが母親、珠生《たまき》の仕事。

珠生は、『ぺこぺこ』の出版社の編集者だ。

このところ、新雑誌の立ち上げに参加していて、ひどく忙《いそが》しいのか帰りも遅《おそ》い。今日も帰宅は明け方だったらしく、原稿《げんこう》を上げた正宗たちが仕事場から出てくるのと入れ違《ちが》いになった。

珠生はもちろん、仕事に打ち込《こ》んでいる正宗のことをジェットは、かっこいい、とか思っていた。

でもその一方で、ジェットは、父親がなんの仕事をしているのか、友達に言ったことがない。

少年漫画なら多少みんなに自慢《じまん》できるが、父親が少女まんがが家というのは、とても気恥《きは》ずかしいモノがあった。

ジェットは、正宗（ペンネーム、宇佐野《うさの》まさむ）が描《えが》く漫画はもちろん読んでいるし、嫌《きら》いではない。むしろ、好きだ。

でも、それとこれとは別の話で。

少女まんがというのが問題なんだ。

クラスの男子の誰《だれ》も、女の子が読む漫画など読んでいない。たぶん。

恋愛《れんあい》やらの男女がくっついたり離《はな》れたり、くっつきそうでくっつかなかったりなんてラヴコメなんかも読んでない。はずだ。

クラスの女子同士が、あの漫画を読んだとか、あのふたりはどうなるとか、正宗の作品だけではなく、正宗所有の少女まんがが多数を読んでいるジェットは思わず、あれはあーだよね。とか話題に加わりたくなってしまう。

けど、そんなことをしてたら、男子一同にきっとバカにされる。に違《ちが》いない。と思う。

——ぼくは、ただでさえ女の子に間違《まちが》われてしまうってゆうのに。

以上の主な理由から、ジェットは父親の職業をクラスのみんなにはひた隠《かく》しにしている。

唯一《ゆいいつ》知り得るのは、クラス委員長であり、幼馴染《おさななじ》みである美雨《みう》だけ。

さすがに生まれてからずっといっしょだから。

他《ほか》にも、美雨には隠せないことがたくさんある。

とても他人には知られたくない恥《は》ずかしい思い出がたくさん。

たとえば、それは一枚の写真となってしっかりと今も残っている。

写真は二年近く前に撮《と》られたモノで、写っているのは五人。

前列に立つのは、恥ずかしそうにうつむいているとてもかわいらしい女の子と、ベースボールキャップをかぶった活発そうな男の子。後列には、前の二人よりも少し歳上《としうえ》に見える賢《かしこ》そうな女の子と髪《かみ》の長い細身の女の子、それから少年の面影《おもかげ》を残す赫《あか》い髪のパンクな青年。

ところがこのなんでもないように見える写真には、おかしな点がいっぱいだった。

後列の左、赫い髪のやんちゃ坊主《ぼうず》のような老人は問題がありすぎるので、とりあえず後回しにするとして……その右隣《どな》りの女の子ふたり、賢そうな女の子——ジェットの姉、莉々《りり》と、もうひとりの女の子——美雨の姉、榛羽《しんは》はいいとしても……。

帽子《ぼうし》の男の子は——美雨だ。当時まだ、男の子のかっこうばかりしていた。

そして、かわいい女の子というのは、女の子の格好《かっこう》をさせられた……ジェット。

スースーするスカートに居心地《いごこち》が悪そうに風になびく裾《すそ》を押さえる。

ジェットは、好んでこんな格好をしていたワケじゃない。

いつもいっしょにいる美雨の方が男の子っぽい。で、その逆で、ジェットはよく女の子に間違われる。

それなら——とジェットに対するちょっとしたイタズラを（家族一同で）思い付いてしまった。姉、莉々の服をジェットに着せ、美雨と並ばせてみようと。

ジェットは嫌《いや》がったが抵抗《ていこう》むなしく数分後には女の子になっていた。

「はーい、こっちむいてー」

と母、珠生《たまき》はカメラのファインダー越《ご》しに笑う。

笑ってはいけないと思っているのかいないのか、その隣りの父、正宗《まさむね》は笑いを必死に咬《か》み殺す。

「ほら、ジェット。顔あげて、カメラ見ないと」

言いながらやっぱり笑っている後列の姉、莉々と、笑っては失礼だと笑いをこらえる榛羽。

「ピースじゃ、ジェット。ピィ〜〜スっ！」

そして最後にもっともおかしな点なのが、今と姿も声も表情も何も変わってない月兎《げっと》。これはそうとうに変だろう。

しかし悲しいかな、月兎《げつと》のことよりもジェットの苦い記憶《きおく》として鮮《あざ》やかに残っている恥《は》ずかしすぎる自分自身の格好《かっこう》。膝上《ひざうえ》スカートに髪《かみ》を結《ゆ》うおっきなピンクのリボン。

わざわざピンクじゃなくても……、そんなおっきくなくても……。

ひとつまたひとつと歳《とし》をとるにつれ、その羞恥《しゅうち》は薄《うす》れることなく増すばかり。

あれ？　待って。

ジェットは不意に思った。

ぼくは女の子の格好させられてすごく恥ずかしかったけど、じゃあ——

ミーちゃんはどうなんだろう？

美雨《みう》は、男の子の格好をさせられていたワケじゃない。

ジェットとは違《ちが》う。

自分からそうしていた。

けど、今は、ちゃんと女の子の格好をしていて、学校で一、二を争うくらいの美人さん。

んー、と……ミーちゃんていつから男の子の格好じゃなくなったんだっけ？

えー、と……思い出せないや……。

思い出せないことばかり。

歳をとるごとに、ケーキに飾《かざ》るローソクが増えて、新しい算数の式を覚えたり、新しい言葉や漢字を覚えたり。でも、確実に何かを忘れていっている。

忘れてしまったから、それがなんだったのか思い出せない。

思い出せるときはくるんだろうか。

こうやって、たくさん……、また忘れていくんだろうか。

それともこれはただ——……、

「そういえば、じーちゃんは？」

寝起《ねお》きのせいか頭がうまく働いてくれない。そう思って、ジェットは、ここにいない月兎に話題を向けた。

「あー、昨日《きのう》、夜遅《おそ》かったみたいで、まだ眠《ねむ》ってるんじゃないのかなー……うん」

正宗《まさむね》はぼんやりとしながら、コーヒーを口に運んだ。

「ふーん……」

なんだよ。じーちゃん、また夜遊び？

ぼくの努力が足りないせいかなぁ。

ほんとにもう。

ジェットの目の前には、皿に載《の》せられたハムエッグがやってきたが、ぷぅと頬《ほお》をふくらませて、アシスタントの女性に思わず気に入らなかったのかなと勘違《かんちが》いさせることになった。

♪

また、あの鐘《かね》が鳴っていた。

もくもくと生えた雲に地上へ降りることを拒《こば》まれた陽《ひ》はまだ、真上を射《さ》しきってない。

正午を前に雪は止《や》んだが、街中に降り積もった雪のせいでいつも移動の足にしている原付《ズーマー》は使えない。赫髪《あかがみ》の青年は雪に足を取られながら、背中のGIG《ギグ》バッグを担《かつ》ぎ直した。

普段《ふだん》はこの時間くらいから買い物客の姿が見えはじめるが、今日は積もった雪とぐっと冷え込《こ》んだ気温のせいで、人影《ひとかげ》はほとんどない。

そんな街中に鳴り響《ひび》く聴《き》こえない警鐘《けいしょう》の音。

「ったく、朝も昼も夜も夜中もまんべんなく出おって！」

青年は、灰色に渦《うず》を巻く空に毒づく。

すると、いきなり青年の進行方向を塞《ふさ》ぐように、人影が現れた。

「――御当主《ごとうしゅ》。お久しぶりですね」

四十前の男性は、自分より身長の低い青年を見下ろすように、しかし軽く一礼する。

「変わらずお元気そうで」

男性の心から出た言葉ではない。ただの社交辞令《しゃこうじれい》。

「あたりまえじゃろう。変わらないさ、このとおり。なんじゃ、久々に逢《あ》っていきなり皮肉か？」

「……いえ、そういうつもりでは……」

男性は、青年の〝身体《からだ》〟のことを忘れていた。

否定しようと言葉を探したが見付からず、

「まあいい。で、なんの用じゃ？　わざわざおまえが出向いてくるなんてのぅ」

青年に本題を切り出されてしまった。

こういうところも変わらない。とぼけた風《ふう》で、人の心の中を見抜《みぬ》く力がある。

男性は、隠《かく》すこともなく、率直《そっちょく》に言う。

「もののけどもの活動が活発化しております」

「ああ、判《わか》っておる。じゃから、昼間っからこうして出てきてるんじゃ」

「それは、御当主……あなただけではないですよね？」

「……なんじゃ、なにが言いたい？」

男性は、真《ま》っ直《す》ぐに青年の目だけを見る。

「先程《さきほど》、我ら——束紗《たばさ》にも出命がありました」

「ぬ？　ワシはそんなこと言うとらんぞ!?　高寄《たかさき》かッ？」

「私から言い出したことです」

「なっ⁉ なんでそんなことを——」

「娘《むすめ》のためです」

「バカがッ。あの娘《こ》には、まだ早い。それに束紗《たばさ》は、護人《もりひと》じゃろう！」

「判《わか》っています。しかし、十分にやれます」

「だとしてもじゃ！ 危険には変わりなかろう⁉」

「それがなにか？」

「って、うぉいッッ！ なにを言っておる！ 寝《ね》ぼけとるのか？ ちゃんと足を洗ってこいっ！」

「御当主《ごとうしゅ》……」

「な、なんじゃ？」

「足。ではなく、顔では？」

「ぬぅおぅ……っ、ど、どっちでも良いわ！ それよりも——あの娘《こ》はまだ早いと言うておるんじゃワシは！ それにわざわざ危険に飛び込ませることはなかろう？」

今にも男性につかみかかろうとするような剣幕《けんまく》で、青年は一歩前へ出た。

「いえ。それは違《ちが》う」

としかし男性は、しなる竹のように青年の圧力を受け流した。

「そう。あれくらいのもののけ……、娘ひとりで十分やれます」

「まさか。独《ひと》りで行かせたかッ!? それがどれだけ危険なことか判っているのか!! 何処《どこ》じゃ? 何処に向かわせた? 北のデパート建設現場か? 南の住宅地か? 西の林か? 東の河川《かせん》かッ!?」

ついには青年は、男性の胸《むな》ぐらにつかみかかった。

男性はその手をつかみ返し、今度は青年と同じような剣幕で言った。

「場所など問題ではないのです。肝心《かんじん》なのは、娘がやれるかやれないかということ。娘はまだ幼くとも東紗の人間《もの》。それは何が起ころうと変わらない。たとえ、御当主のお言葉があったとしてもです。あの程度のもののけ、独りで相手にできぬほど、我《わ》が家の人間は弱くない」

しなった竹は打ち返す。

「我々には我々の、東紗の家に生まれた者としての使命があります。よそからやってきた御当主には理解できないかもしれませんがねぇ。それにあの子は、もうすでに姉の〝力〟を超えようとしている。何か問題がありましょうか?」

最後の方には言葉尻《ことばじり》に皮肉が滲《にじ》んでいたように聞こえた。

「貴様《きさま》……ッ」

青年は、ぐっと唇《くちびる》を咬《か》みしめ、男性を睨《にら》む。

「我々は我々のやり方がある。使命がある。それだけは理解していただきたい」

ゆるんだ青年の手をほどき、

「それでは」

と小さく言うと男性は、人気《ひとけ》のない雪の街、その向こうに消えていってしまった。

どうしようもない怒《いか》りに似た感情がこみ上げて、青年は肩《かた》を震《ふる》わせた。

「わざわざそれを言いにきたのか……。使命なんぞいらんだろうが。それでも欲《ほっ》するならば、己《おのれ》で決めろ。他人の手でどうにかしようなどと……糞《くそ》がッ！」

青年は、駆《か》け出した。

「あの娘《こ》になにかある前にワシが全部、ブッ倒《たお》してやるわい！　戦《や》って殺《や》れじゃァァァッ!!」

判《わか》ってはいる。

気持ちは同じだと。

誰《だれ》かを護《まも》ろうとすること。

誰かの為《ため》に、何かを犠牲《ぎせい》にすること。

でもそれは、傷付くことじゃない。

自分だって、誰だって。

ちょっとだけ、ベクトルが違《ちが》っているだけ。

この気持ちは同じなんだ。

誰かを護りたいと、心の底から想《おも》っているだけ。

だから、よけいに腹立たしかった。

自分にも…………。


今日の放課後。劇の練習は、ジェットにとってうまくできたと思えた。

──菊間《きくま》先生に怒《おこ》られなかったもん。

あ、いや……。ちょっとだけ怒られたけど。

でも、昨日《きのう》と比べたら雲泥《うんでい》の差。

科白《せりふ》もほとんど間違《まちが》えなかったし、うまくできなかった演技も少しはマシになったろう。

なによりも、みんなの足を引っ張らなかったことがとてもうれしかった。

それもこれも、昨日、美雨《みう》がずっと練習に付き合ってくれたおかげだ。

なのに、美雨はいなかった。

お昼休みくらいに、早退してしまった。

なにかあったのだろうか。

気分でも悪かったのだろうか。

ジェットは確かめようにも、他《ほか》の男子の目が気になって結局話しかけられなかった。

体育の授業が終わった直後も笑顔で友達となにか話していたし……。

もしかして、美雨は何処《どこ》か身体《からだ》を悪くしていたのかも……。

昨日《きのう》夜遅《おそ》くまでぼくの練習に付き合ってくれたから……？

なのに、自分は気付いてあげられなかった。

急に不安がこみ上げてきた。

たいしたことじゃないといいな……。


♪


闇《やみ》の中で、闇が蠢《うごめ》く。

小さな光。

小さなその手で、大きな闇を裂《さ》く。

少女は、今度自分が劇で演じることになっている『紅狐様《こうこさま》』を模《も》した狐《きつね》の面でその表情を隠《かく》し、闇と必死に戦っていた。

「はぁ――――っ！」

かざした手のひらから放たれたエネルギーの光弾《こうだん》が、闇を射貫《いぬ》く。

その闇――は、人の身の丈《たけ》以上ある鳥の姿をしたもののけは、ぎぎぃぃぃっ、という断末《だんまつ》魔《ま》の悲鳴を上げて消滅《しょうめつ》した。

そこは街の中心部から少し離《はな》れた林の中だ。

ここを抜《ぬ》けると、新興《しんこう》住宅開発地区がある。やがては、それによって今いるこの林もなぎたおされ、コンクリートでできた道路になってしまうかもしれない。

まるで、それを拒《こば》むように林の中は、もののけたちで溢《あふ》れていた。

少女にとって、これが初めての〝実戦〟だった。

本来ならまだ十を数えるばかりの幼い少女が、実戦の場に出ることはない。

それに少女の使命は、本来なら守護《しゅご》にある。

いわば、ボディガードのような役目を背負《せお》っている。

事実、少女はもうその仕事をこなしているし、十二分に役目を果たしていると言ってもいい。

ただ、少女の守護する〝彼《かれ》〟に、それほど大事になるようなことが起こっていないのも事実だが。

しかし、今、少女はまぎれもない実戦の場に立っていた。

「――ひとりでやってみろ。もっともそれぐらい当然のことだがな」

思い出される父親の言葉。

少女はその声に背中を押《お》されるように、溢れるように出てくるもののけを、ひとつ、またひとつと退治していく。

幼くとも少女の力は、すでに実戦クラスに達している。

同じ使命を持つ姉の力を凌《しの》ぐとされ、父親に課《か》された日々の厳しい鍛錬《たんれん》もこなす。
そして、その力を証明してきた。
少女は思う。
きっと、父様《とうさま》はよろこんでくれるだろう。
自分たち一族の〝力〟を示すことができるのだから。
でも、わたしは、本当は……。
この力は、彼《かれ》のためのモノ。
でも、力よりも何よりも、それがあってもなくても、わたしは――
彼を護《まも》りたいだけ。
それだけでいいの。
……彼は、護られるなんて嫌《いや》がるかもしれないけれど。
でも、わたしはただ、彼のことが好きだから。
使命じゃない。血の運命じゃない。
わたしは、彼が好き。
だから、彼を護りたいの。
ただそれだけ。
左から、右から、飛びかかってくる鳥のもののけを〝力〟でなぎ倒《たお》す。

しかし、

「くっ!」

少女は、じりじりと後退を余儀《よぎ》なくされていた。

一対一なら力は、少女の方が上だ。だが、
数が……、際限なく増えていく。

「ひとりでやってみろ」

という父親の言葉が再び思い出された。

無数のもののけに囲まれながら、少女は想《おも》いを強くする。

ひとりでできない、わたしは、――ダメなんだ。

少女は、さらに気を集中させた。

「……そうか……巣が近いんだわ……」

冷静に判断しつつも、少女は命の危険と自分が隣《とな》り合わせにいることをまざまざと感じた。

このままもののけの数が増えれば……、自分だけの力では対応できなくなる。

この近くに〝巣〟があるのは間違《まちが》いない。

その前に、

「――その元を塞《ふさ》げばいいッ!」

〝巣〟は力の染《し》み出す場所。それに惹《ひ》かれて集まってきている異形《いぎょう》たち。

その元を断《た》てばいいんだ。

少女は、正面に一撃《いちげき》を放つとものののけたちを振《ふ》り切り、そのまま真《ま》っ直《す》ぐ闇《やみ》の中へと飛び込《こ》んでいった。

簡単ではないことは承知の上。

もしかするとたどり着くその前に、倒《たお》れてしまうかもしれない。

けど、やらなきゃならないことをやるだけだ。

父の言葉の通り。

ただ、彼《かれ》のことを想《おも》うと辛《つら》くなってしまう。この身が果てるのは、彼を護《まも》り、死ぬときだと思っていた。

それができないのは心残りだなぁ、とか少女の脳裏《のうり》には、無邪気《むじゃき》に笑う少年の姿が浮《う》かんだ。

「三十四、三十五、三十六、三十七……」

少女の紅《あか》い唇《くちびる》が刻む時は、いわば自分の命がつきるまでのカウントと言っていい。

もののけの数と自分の力を少女なりに分析《ぶんせき》した結果、出たのは『二分』という数字。

二分——百二十秒がタイムライン。それを超《こ》えれば、相手の餌食《えじき》になってしまうだろう。

どうせそのときには、もののけが好んで欲《ほっ》する〝力〟も残ってない。骨と肉だけ。

それでもいいなら、喰《く》らうがいい。

「四十五、四十六、四十七、四十八、四十九、五十……」

少女の唇はみずからの命の期限を刻み続ける。

死ぬのなんて怖《こわ》くない。

いなくなるのが怖いだけ。彼の傍《そば》にいられなくなるのが怖いだけ。

彼に忘れられるのが怖いだけ。

——そうか。

本当は、怖いんだ。わたしは……。

左前方から捨て身としか思えないほどの身体《からだ》で鳥のもののけが突《つ》っ込んでくる。

少女は、それを簡単にいなす。

が、鋭《するど》い爪《つめ》の切っ先が左上腕部《じょうわんぶ》をかすめた。

「ちっ！」

舌打ちをするが、すぐさま少女は反撃《はんげき》して、伐《う》つ。

傷は浅い。血が微《かす》かに滲《にじ》んでいるだけだ。大丈夫《だいじょうぶ》。

少女は地を蹴《け》って先へと進んだ。林の奥《おく》へ。この向こう側へ。

しかし、

「六十、六十一、六十二、六十三、六十四……」

何匹目《なんびきめ》の敵を倒《たお》したときだったか、〝力〟を使った瞬間《しゅんかん》、不意に全身の力が抜《ぬ》ける感覚が少女を襲《おそ》った。

「……なに……？」

ドクッ、と心臓が蠢《うごめ》くような感じがした。

——しまった。

少女は、自分になにが起こったのかを瞬時《しゅんじ》に把握《はあく》した。

さっきのかすり傷だ……。

傷口から、もののけの爪《つめ》の欠片《かけら》が身体《からだ》の中に侵入《しんにゅう》していた。

そして、それが血管に潜《もぐ》り込《こ》み少女の体内を駆《か》けめぐっている。

心臓を一直線に目指し。

身体を巡《めぐ》る〝力〟の流れが、それを知らせていた。

「はじめから、これが目的だったのね……」

少女は、時を刻むのをやめた。

タイムラインに間《ま》に合ったとしても、おそらく自分は助からないだろうから。

妖気《ようき》を持った爪は、やがて心臓に達して、胸を突《つ》き破って外に出るはずだ。

その対抗策《たいこうさく》を自分は知らない。父親なら知っているかもしれない。けど……。

少女は、唇《くちびる》をぐっと咬《か》みしめた。

それでも少女は、走り続けることを決めた。

次から次へとものけたちが襲《おそ》いくる。

その度《たび》、〝力〟を放ち、そいつらを撃《う》ち落としていった。さらに先へ、走り出す。

しかし、固い意志が宿る黒目がちな瞳《ひとみ》には、大粒《おおつぶ》の涙《なみだ》がたまっていた。

怖《こわ》い……。

やだっ。

やだ、やだ、やだ、やだ、やだ、やだ、やだっ。

いやだよぉ……っ。

死にたくないと思った。

自分は死んでしまうのだと思うと、どうしようもなく泣きたくなった。

死を意識すればするほど、彼《かれ》の笑顔《えがお》が、怒《おこ》った顔や、泣いてる顔や、不安な顔や、呑気《のんき》な顔や、眠《ねむ》そうな顔や、恥《は》ずかしそうにする顔や、いろんな表情が浮《う》かんでは消え、浮かんでは消え、彼のことを想《おも》うと今すぐここから逃《に》げ出したくなる。

それでも少女は走る。

絶《た》え間《ま》なく襲《おそ》いくるモノたちを払《はら》いのけ、少女は走った。

自分たちの一族は、古い家柄《いえがら》で、代々この地域を統《す》べる当主《とうしゅ》やその血縁者《けつえんしゃ》などを護《まも》る使命を持っていた。

それは今でも続く。歴史がある故《ゆえ》にその家訓《かくん》も決まりも使命もすべての拘束力《こうそくりょく》が強い。

使命を果たすべく、当主《とうしゅ》を護《まも》り死んでいった者も少なくない。

何を想《おも》ってなにを願っていたのかもはや知る術《すべ》はないが、みな心密《ひそ》かに〝何か〟があっただろう。そう、少女のように。

「……逢《あ》いたいなぁ……ジェットちゃん……」

一際《ひときわ》大きな雫《しずく》が、〝力〟を振《ふ》るうその反動でこぼれていった。

光を射って。もののけを殴《なぐ》り付け、道を開く。

少女は林を抜《ぬ》けた。

その刹那《せつな》、少女は自分の目に映る光景をにわかには信じられず、絶句した。

林を切り開いた場所。

無理矢理《むりやり》機械の力でねじ伏《ふ》せられた平面の大地。

本当なら、そこには小さな池があってその傍《そば》には、土地の精霊《せいれい》をまつった社《やしろ》があったはず。

その社の中にある法具《ほうぐ》で、大地の〝力〟を封印《ふういん》していた――

ドクン、と強く心臓が脈打つ。

妖気《ようき》の爪《つめ》が、暴れ出したように動きを早めた。

「なんて……」

なんてことだろう。

ブルドーザーやローラーが、あちこちに停車するその場所に、ゴミのように置かれたそれを見付けた。

社は壊《こわ》され、跡形《あとかた》もない。社だったモノは、工事作業の際に出た廃材《はいざい》と一緒《いっしょ》にされていた。

これでは、もののけたちが騒《さわ》ぎ出すのも仕方ない。

社は大地から吹《ふ》き出す〝力〟を抑《おさ》えるためのモノだった。

いわば『蓋《ふた》』が失《な》くなれば力が吹き出し、闇《やみ》が〝力〟を喰《く》らうため集まる。

「早くしないと──」

少女は、社が置かれるべき本来の場所を探した。

時間はもうない。自分に残された力も、命も、少ない。

しかし少女は、最悪というのは、負の要素が重なるから最悪だということを思い知ることになってしまう。


ぎぎぎぎぎ……ぎぎぎぎぎぎぎぎぎぎぎぎぎぎぎぃぃぃっ……。

ぞわわわと身の毛がよだつのが判《わか》った。髪《かみ》の尖端《せんたん》までもが逆立つように感じるひどく耳に障《さわ》る奇《き》っ怪《かい》な音。

闇《やみ》の中に羽根《はね》が生えていた。

いや。さっきから少女に襲《おそ》いかかっていた鳥のもののけだ。

だが、そいつは、鳥のような羽根も毛も一切《いっさい》が抜《ぬ》け落ち、打ち上げられた深海魚のように目玉が破裂《はれつ》しそうなほど外側に飛び出していた。

歩くたびに、身体中《からだじゅう》から粘液《ねんえき》のような物質が、ぐじゅぐじゅ音を立てながら飛び出している。

完全にそいつの身体は崩壊《ほうかい》をはじめていた。

欲張って〝力〟を喰《く》らいすぎ、容量を超《こ》えたモノが外側へとあふれ出る寸前だ。

と、

「チィッ！」

背後から気配がし、少女はとっさに地面を転がるようにしてその場から逃《のが》れた。

鳥のもののけだった。しかし少女には見向きもせず、一直線に〝力〟を喰らったもののけへと向かっていく。

しかもそれらは、一匹《いっぴき》だけではなく、次から次へと少女の頭上を越《こ》え集まってくる。

数は、ゆうに二十を超えた。

そいつらは、〝力〟を喰らったもののけを集団で襲い——喰っていた。

まるで、腹を空《す》かせた魚の群れにエサを投げ込《こ》んだときのように。

ぐちゃぐちゃちゃくちゃくぐちゃげげちゃげぐちゃ。

吐《は》き気《け》がこみ上げてくる。

おぞましい光景だった。

逆流してきた胃液を飲み込むように押《お》し戻《もど》す。

「うぐっ……」

しかしこれはチャンスだった。

もののけたちが共食《ともぐ》いという形で〝力〟の奪《うば》い合いをしている間に、溢《あふ》れ出る〝力〟を封《ふう》じることができるかもしれない。

残された力も時間もないが、やるしかなかった。

少女は、相手の動向に注意を払《はら》いつつも、全力で廃材《はいざい》が積まれた瓦礫《がれき》の山に走り着いた。そしてすぐさま社《やしろ》の残骸《ざんがい》の中に残っていた、人の骨を模《も》して装飾《そうしょく》が施《ほどこ》された、封印具《ふういんぐ》を見付けた。

転がるようにまた走り出す。

異形《いぎょう》たちが群れるすぐ脇《わき》を抜け、少女は元々《もともと》社が設置されていた場所に短刀を突《つ》き刺《さ》す。

「はっ！」

力を、短刀を握《にぎ》った両手に集中した。

社が破壊《はかい》された際に解けてしまった術が、短刀に施された封印の術が、少女の力をきっかけに再び効力を発揮しはじめる。

術が、大地から流れ出ていた〝力〟を押《お》し戻《もど》していく。

だが、しかし、物音がやんだ。

「…………ッッ！」

もののけたちの食事が終わっていた。

跡形《あとかた》も残らぬほど喰《く》らいつくしたもののけたちは、今度は一斉《いっせい》に少女に向き直った。

ビクリと少女の身が震《ふる》え上がる。

〝力〟を喰らったせいで、さっきよりも妖気《ようき》が増している。

──もうダメだ。

術はまだ途中《とちゅう》だった。しかも術の発動に力を使い果たした今、これだけの数を相手にできるワケがない。

術が成すまでの時間を稼《かせ》ぐために、自分の身をこいつらに喰わせるくらいしか、できることはなかった。

「………」

少女は、覚悟《かくご》を決めた。

自分は最初からこういう運命だったんだ。

それに、どうせ体内に入った妖気の爪《つめ》が間《ま》もなく、心臓を貫《つらぬ》く。そうしたら、終わり。

——人を護《まも》るのがわたしの使命。

本当は、好きな人を、彼《かれ》のことを護って死ねればよかったのに。

こんな場所で、こんな風《ふう》に死んでしまうんだね。

彼は、わたしを覚えていてくれるでしょうか。

何十年後、誰《だれ》かを好きになって、そのひとと結ばれて、手をつないで。わたしのことなんか忘れてしまうかもしれない。

いやだな。こんなこと考えるなんて。

もう、死んじゃうのに。

でも、何十年後もやっぱり覚えていてほしいな。

とても……コワイの……。

「——わたしを喰らえばいい！」

ぎゅっと爪の跡《あと》が付き血が滲《にじ》みそうになるほどそのまだ小さな手を握《にぎ》りしめ、全身のふるえをなんとかごまかそうとした。

だがしかし、——彼の顔が浮《う》かんできたとき、すべての決心は粉々に砕《くだ》け散りそうになった。

「……ジエットちゃん……っ」

もっと傍《そば》にいて、もっと話をしたかった。

これからたくさんなにかがあるんだって、勝手に思ってた。

いっしょに見れるモノがあったかもしれない。

少し前まで、よくつないだ手。

離《はな》さないように、ぎゅっとにぎった手。

やさしくて、あったかくて、いつもわたしをうれしくさせてくれた。

少女は、一歩、もののけたちの前へと歩み出た。

ああ……もう一回……手をつなぎたかったなぁ……。

そのときだ――

「ちょぇすとぉぉぉぉぉぉぉぉぉぉぉぉぉぉぉぉぉぉぉぉぉぉぉぉ～～～～～～っ！」

その場には絶対にそぐわないふざけたようなかけ声が聞こえて、少女の目の前を光の線が瞬《また》く間《ま》もなく通り過ぎた。

刹那《せつな》。目前まで迫《せま》っていたはずのもののけたちは、巨大《きょだい》な光の帯に巻き込《こ》まれて、そして驚《おどろ》くべきことに、美雨《みう》があれほど手こずった相手が、すべて消し飛んでいた。

「…………っ」

少女は、状況《じょうきょう》が把握《はあく》できず目を白黒させた。

そこに、天から舞《ま》ってふわりと降り立ったように、ひとりの青年が立っていた。

狐《きつね》の面。赫《あか》い髪《かみ》。それは、まさしく――

「……紅《こう》……狐《こ》……様……？」

思わず少女は、伝説上の人物の名を口にしていた。

赫い髪の毛に、狐の顔、そしてその手には聖剣《せいけん》……。いや、それは赤いギターだ。

剣ではなく、またも場にそぐわないV字型をした変形ギターだった。

「無事か、ミウミウ？」

聞き慣れた、あたたかい声。

「月兎《げっと》……おじーちゃん……っ」

青年は、そのかぶっていた狐の面を外し、にっこりと微笑《ほほえ》んだ。

そのやさしくてやわらかい表情に安堵《あんど》したのか少女は、急に身体中《からだじゅう》の力が抜《ぬ》け落ち、その場にへなへなと崩《くず》れた。

「お、わっ。ミウミウ、大丈夫《だいじょうぶ》か!?」

あわてて、青年が少女の身体を抱《だ》きかかえる。

「……はい…大丈夫です……ちょっと……」

「すまんのぅ、ミウミゥ。早くこれたらよかったんじゃが、なんせ今日のヤツは、やたらと数がおって、本当にすまん」

「いいえ……いいんです。……わたし……もう……」

「どうした⁉　ミウミウ！　んっ？」

青年は、少女の左腕《うで》にある傷に気が付いた。

「身体《からだ》の中から妖気《ようき》が……？　そうかっ」

青年は瞬時《しゅんじ》に、少女に起こっていることを察知した。

少女の身体をやさしく丁寧《ていねい》に仰向《あおむ》けに横たえると、妖気の反応を感じた胸元《むなもと》にすっと右手のひらをかざした。

「少々衝撃《しょうげき》があるやもしれんが、じっとがまんしてくれぃ」

「月兎《げっと》おじーちゃん……？」

力なく少女が言う。

と、青年はやはりにっこりと笑った。

「なぁに、心配するな、すぐにすむさ」

ねらいを定め、手のひらに力を集中させる。

そして、少女の体内をはい廻《まわ》る妖気の爪《つめ》、その一点に〝力〟を向けた。

「よし、今じゃ‼」

びくんと少女の身体が、衝撃で地面から数センチ浮《う》き上がった。

「もう、大丈夫《だいじょうぶ》じゃ」

青年が言う。しかし、少女から反応がない。

「み、ミウミウ……？」

一瞬《いっしゅん》どきりとしたが、どうやら少女は気を失っているだけのよう。

ほっと胸をなで下ろす。

「本当にすまんかったのぅ……。くそっ、ワシのせいじゃ」

こんなになるまで、幼い少女が戦い、危《あや》うく命も落としかねなかった。

青年は、そっと少女を抱《だ》き上げると、くるりと振《ふ》り返った。

すると、

「……おいっ」

青年が闇《やみ》に呼びかける。

そこには、昼間の男性がいた。

闇の中に溶《と》け入りそうになりながらもしっかりとそこに存在している。

大きく上下する肩《かた》が、乱れた呼吸が、男性がたった今この場に駆《か》け付けたのだと教えてくれた。

「娘《むすめ》を助けていただいて、ありがとうございます……」

呼吸を整えていても、やけに強気に男性が言う。

「ふざけるなっ！　自分の娘が心配なら、最初から戦いになど出すでないっっ！」

としかし青年が怒鳴り付ける。

言葉は荒々《あらあら》しかったが、それはまるで言うことを聞かない子供にでも言っているようだった。

「心配などしていない。ただ、見届けたかっただけです。我らの〝力〟を。それに、言ったはずです。その子も束紗《たばさ》の人間《もの》なのです。戦えると」

「じゃから！　戦いなどワシらオトナがすればよいッ！　それにこの娘《こ》は、護人《もりひと》じゃ。何故《なぜ》、今、戦《や》らねばならん！」

「それが我ら束紗が家のためです。それが我らの使命のため」

男性が言う『使命』という言葉に、ついには青年がキレた。

「使命使命と言うが、おまえたちは、この娘が何を想《おも》っているのか、何を欲《ほっ》しているのか、何をしたがっているのか知っているのか⁉　娘《むすめ》のことを幸せにしようとすることが、親の使命じゃろう！　じゃが、おまえのやってることは、その逆じゃないのか⁉　そのクセ、何が使命じゃ！　そんな使命なんぞ、糞《くそ》っくらえじゃあっ‼　若いもんには若いもんの道があろう。それは自分で決めるべきじゃ！　未来は自分で決めて、切り開くもんじゃろうがッ⁉　はいつくばってでもそれができる力を子供たちは持っとる。じゃが、親のオマエがそのはいつくばるための手足を縛《しば》っておるんじゃないのかッッ⁉」

鼻息も荒く、青年は叫《さけ》ぶ。もうそれは怒《いか》りという感情だ。

だが、男性も決して、その感情に折れることも流されることもなかった。

「ならば――我々には我々の生き方がある。歴史や想いやそれを全部、背負《せお》って生きている。

しかしあなたの言い分は、それらを、束紗のすべてを否定することになる！　歴代の御当主《ごとうしゅ》やその家族を護《まも》って死んでいった我《わ》が一族を否定するおつもりか!!」

「違《ちが》う！　否定などしておらん！　ワシが言っておるのは――」

「もういい。おそらく、あなたにはきっと判《わか》らないでしょう」

男性は、深くうなだれるように首を左右に振《ふ》った。

「歴史や家系、血筋から逃げてきたあなたたちには判らない」

「ぐっ……それは……っ」

とっさに言い返すことができず、青年は唇《くちびる》を咬《か》んだ。

「娘のことは、心よりの感謝を申し上げます。ありがとうございます。しかし、束紗のことに関しては、譲《ゆず》るつもりはありません。では――」

男性は、気を失っている少女を青年の手から自分の腕《うで》に抱《だ》き、すっと闇《やみ》の中に消えていってしまった。

「……うぐぐぐ、あの判らず屋めがっっ!!　ったく、まだまだひよっこのクセに、一人前の口をききおって！　うきゃー、帰って糞してジェットとラヴラヴするのじゃっ!!」

青年の鼻息はますます荒《あら》くなった。

♪


束紗《たばさ》美雨《みう》が彼《かれ》のことを想《おも》うとき、あの日のことが頭をよぎる。

あれは、一年半ほど前。夏がもうすぐという日。

月曜日だったが、祝日で学校は休みだった。

朝から空はぐずついていて今にも雨が降りそう。

なのに、彼女《かのじょ》は傘《かさ》も持たず遊びに出かけた。

——だって、このワンピースに似合う傘なんて持っていなかったから。

日曜に新しい服を買ってもらった。

普段《ふだん》は男の子みたいな格好《かっこう》をしている彼女からすると、とても珍《めずら》しい少女趣味《しゅみ》のフリフリのレースが付いた可愛《かわい》らしい薄紅色《うすべにいろ》のワンピースだった。

こんなにカワイイ服、お姉ちゃんも持ってない。

彼女は、早く誰《だれ》かに見てもらいたくてしょうがなかった。

いつもと違《ちが》う女の子らしい服を見てほしかった。

はじめてのイメージチェンジというヤツ。

それは彼女にとってのささやかだけれど、とても大きな変化だった。

男の子みたいな格好も動きやすくて好きだけど、本当は、こんな風《ふう》な女の子っぽい格好も大好き。

もしかすると、女の子の格好をさせられた男の子の、彼のかわいさには負けてしまうかもだけど。

彼女は、そんな冗談《じょうだん》を思うほど心はワクワクとドキドキでいっぱいだった。

みんなにどう思われるか、どんなことを言ってくれるのだろうかと考えるだけで、テンションはぐんぐんとハイになっていった。

でも——

「なにそれぇ？　おっかしーのぉ！」

公園に行った。いつも遊んでる公園。

いつも一緒につるんでいる男の子たちは、そう言って彼女を笑いものにした。

いつも男の子みたいで、同性のように思っていた。急に可愛《かわい》らしくなった彼女を見て、びっくりしたのかもしれない。彼女が女の子だったんだと思い出させられた。それが、冷たい言葉に置き換《か》わってしまった。

なら、女の子たちは？

「かわいいねー。けど、美雨ちゃんっ、ぽ、く、な、い、よねぇ」

女の子たちは、彼女の服装を、っぽくない、らしくないとか、そんな科白《せりふ》を口々にした。

きっと素直《すなお》な感想だったんだろう。

同性の子とほとんど遊んでなかった美雨《みう》を、周囲の女の子たちは、『男の子みたい』だと理解していた。外見だけで、中身まで決めつけて。

だから、「っぽくない」という言葉が出てきた。

しかしそれを言われた少女は、この女の子っぽいワンピースが、それを着てうれしそうにはしゃいでいた自分が、無性《むしょう》に悲しくなって、悔《くや》しくて、ひどくみじめだった。

——ばっかみたい。

なにやってたんだろう。

うれしそうに、はしゃいじゃって。

……バカみたい。

彼女《かのじょ》の胸にはぽっかりと大きな穴が開いていた。

さっきまで輝《かがや》くように見えていた自分自身が、なんだかとてもみすぼらしく見えてしまう。

そして、まるで彼女の空虚《くうきょ》な気持ちに追い打ちをかけるように、やがて、

ぽつりぽつり、

独《ひと》り。家へ帰る道。

浮《う》かれていたはずの足取りは重く。

大粒《おおつぶ》の雨が降り出してきた。

アスファルトを、彼女の心を削《けず》り取るような激しい雨。

服に合わせて、姉が綺麗《きれい》にセットしてくれた髪《かみ》はぐしゃぐしゃに濡《ぬ》れた。

薄紅色《うすべにいろ》のワンピースも……。

でも、かまわなかった。

その方がいいと思えたくらいだ。

——こんな服もう絶対着ないもの……。

雨に流されてしまえ。

こんな服も、こんな気分も、ぜんぶ流されちゃえ。

涙《なみだ》なのか雨なのかもう判《わか》らなくなっていた。

うつむき力なく道を歩く彼女を容赦《ようしゃ》なく雨粒《あまつぶ》がたたきつける。

しかし、突然《とつぜん》、雨がやんだ。

「——ミーちゃん、どうしたの？」

彼女の涙と雨でぼやけた視界に映ったのは、ひとりの少年の笑顔《えがお》だった。

少年が彼女よりも小さな手に不釣《ふつ》り合《あ》いな大きめの傘《かさ》を差し出していた。

傘には、ドクロマークのイラストがでかでかと描《えが》かれてあって、女の子のような少年にはますます不釣《ふつ》り合《あ》い。

「かさ、もってないの？」

少年が訊《き》く。

「…………」

としかし彼女《かのじょ》は返事をする気力もなくただうなだれる。

——傘《かさ》なんていらないの。わたしは……、
けれど、

「そっかそっかっ。じゃあいっしょにかえろ。ぼくもおつかいからかえるところだったんだあ」

勝手に納得《なっとく》して、少年は彼女の隣《とな》りに並ぶといっしょに歩き出した。

そうするのがあたりまえのように。

「このかさ、ちょっとかっこわるくない？　なんかさー、じーちゃんがいっしょにいくとかいってたんだけど、いいからっていったらさ。そしたら、これじゃ、これをワシとおもってもっていくんじゃ～っ、とかいうんだもん。でも、よかったたぁ。おっきいからふたりではいってもへっちゃらだね！　じーちゃんに、ありがとっていわなきゃだよ」

また、笑った。

ころころとよく笑う少年。

赤茶けた髪《かみ》の毛に、女の子みたいな顔立ち。彼女《かのじょ》より小さな身長。

それなのに、彼女が濡《ぬ》れないようにしているせいで自分は少し傘《かさ》からはみ出ている。

なにが、へっちゃらなんだろうか。

——そんなことしなくていいのに。

しかし、少年は呑気《のんき》に、それもひどく平然と言った。

言ってくれた。

「そういえば、ミーちゃん。なんかいつもとちがうね。ああそっか。あたらしいふくかってもらったんだ？　——うん、こっちのがいいねっ！　ぼく、すきだな」

「——……っ！」

彼女の表情は雨降りから、一気に快晴になっていた。

東紗美雨《たばさみう》は思った。

神さま、紅狐様《こうこさま》！

ごめんなさい！

さっきは、こんな服絶対着ないなんて言っちゃったけれど……、

——やっぱり、着ちゃいます！　たっくさんッッ!!

そして、その日から彼女にとって少年は本当の『特別』になった。

♪


「——大丈夫《だいじょうぶ》なのっ!?」

少年は心底心配している様子で、少女の顔をまじまじと覗《のぞ》き込《こ》んだ。


美雨は早退した次の日、学校を休んだ。

何かあったんだろうかと不安になったジェットは、帰宅後、さらに不安になるようなことを月兎《げっと》から聞かされた。

「ミウミウがケガしたらしいぞぃ」

呑気にギターを足に挟《はさ》んで寝《ね》ころびながら爪弾《つまび》く月兎にジェットは、

「なんだよ、じーちゃん！　呑気じゃん！」

とかツッコミになってないツッコミをして、家を飛び出していった。

「まあ、たいしたことはなさそう……じゃー、っておらんし……」

なんて科白《せりふ》ももちろん聞いてなかった。

美雨《みう》は、ジェットが部屋にやってくるととてもうれしそうに、本当にうれしそうにしていた。

自分は身体中《からだじゅう》に絆創膏《ばんそうこう》やら傷の手当ての跡《あと》がたくさんなのに、ジェットを気遣《きづか》って、

「あ、寒くない？　暖房《だんぼう》の温度あげる？」

とか言う。

ジェットはあきれてしまいそうになったが、思っていたよりも元気で安心した。

それで、ほっとして我に返ってみて、自分がいる状況《じょうきょう》になんだか緊張《きんちょう》してきてしまった。

ここは、美雨の部屋。

四年生になったくらいまではよくきていたけれど、最近はめっきり。

知らないぬいぐるみが増えていたり、ちょっと女の子っぽさが増したような……。

なんか、急にドキドキしてきちゃったんだけど……。

ど、どうしよう……。

「ジェットちゃん」

「え、うん、なに……って、ちょっと!?」

ジェットは、跳《と》び上がりそうになった。

なにしろ、美雨がいきなり自分の手をにぎってきた。

ジェットは顔が真《ま》っ赤《か》になって頭のうずまきからなんかおかしなモノが飛び出してくるんじゃないかと思った。

テレにテレて、じっとりと手に汗《あせ》がにじむ。

そんなジェットの表情を目《ま》の当たりにした美雨の方もなんだかテレて頬《ほお》を紅《あか》く染めた。

けど、

「よかったぁ……」

美雨は、小さくため息のように言葉をこぼす。

「え？」

聞き取れず、ジェットは聞き返す。

「ううん。なんでもないよ」

ちょっぴりテレちゃうけど、もっと、ぎゅっとにぎった。

あ、ジェットちゃんの手、前よりおっきくなってる。

でも、まだわたしの方がおおきいや。

なんだかなぁ。

くすくすと彼女は笑い出した。

「…………？？」

ジェットは、何がなんだか判《わか》らなくて、首をかしげる。

その仕草《しぐさ》が、テルミンにそっくりで美雨《みう》はもっとおかしくなった。

「劇……がんばろうねっ」

美雨が言った。

「うん。がんばろう」

ジェットは笑顔《えがお》でうなずいた。


♪


束紗《たばさ》美雨は、自分の名前が大好きだ。

雨なんて憂鬱《ゆううつ》なモノを名前に付けるなんて、とかたまに言われることがある。

知らないだけ。

あの日、彼女《かのじょ》が生まれた日。

空はとてもよく晴れていたのに、いきなり雨が降ってきて、土砂《どしゃ》降りになった。

その雨を分娩室《ぶんべんしつ》の外の窓から彼女の父親は、ぼんやりと見ていた。

とても綺麗《きれい》で。雨粒《あまつぶ》のひとつひとつが、ヒカリを抱《だ》いた宝石のようで。

雨あがり、晴れた空。

おっきな虹《にじ》が、はっきりと空に橋を架《か》けていた。
あんなに美しい雨を見たのは、後にも先にもあれっきりだ。
いつか、彼女の父親は言った。
だから——美雨なんだよ。

とてもとても美しい雨の日、彼女は生まれた。
たくさんの愛といっしょに。

彼女にとって、雨は大切なモノをたくさんくれる。

ぜんぜん、憂鬱なんかじゃないよ。

二月のこんな、寒さの中でも綺麗に咲いている花を見付けた。
そっと手を振《ふ》る。

——花は、綺麗に笑った。

気がしたよ。

DON'T WORRY ABOUT MEW – fin.

第参幕　青春の役立たず。

track.03: Never Mind the Insomnia(boys don't cry)

——誰かを愛したり
誰かを憎んだり、
誰かの名前を叫んだ

♪


広々とした和室。古い家屋の匂《にお》いと、日向《ひなた》の匂い。

障子《しょうじ》に透《す》けて光が淡《あわ》く漏《も》れ入る。

室内には、十人近くの男女が座《すわ》っている。それも比較的《ひかく》年齢層《ねんれいそう》は高い。

その中で上手《かみて》奥《おく》正面に鎮座《ちんざ》するのは、若い青年だ。落ち着いた和室にはまったく合っていない、合わせる気もないらしい、あちこちやぶれたジーンズに、スカジャン姿の。

かろうじて室内ということで、ブロックチェックのマフラーは畳《たた》んで膝元《ひざもと》に置いてはいるが、他《ほか》のひとたちが正座で姿勢を正しているのに対して、青年は足を崩《くず》しあぐらに頬杖《ほおづえ》を突《つ》いていた。

「――ですから、このままではいかんと申しているワケなんです」

「判《わか》っています。だからといって現状はこれまでどおり……」

「それが、手詰《てづ》まりだと言っている」

話し合いがはじまってすでに、三時間が経《た》とうとしていた。

部屋の、正面中央の青年を境界線にして、左側と右側にまっぷたつに意見が分かれていた。

議題はずっと変わらず、意見の交換《こうかん》も一方通行で、感情的になって言葉尻《ことばじり》を荒《あら》げる者もいた。

長引く話し合いに、イライラがつのり精神的にも疲労《ひろう》の色が見える。

青年は、ぐったりと頭を垂《た》れた。

そのすぐ右隣《どな》りに座る、頭のはげ上がった恰幅《かっぷく》の良い背広の初老の男性が青年の耳元でささやく。

「さっきから、こればっかりだねぇ」

「ああ、うんざりしてくるの……」

ふたりの会話に、青年の左隣りに座る男性が入ってきた。

最初の背広の男性と同じような年齢だが、筋肉質で陽焼《ひや》けした健康そうな身体《からだ》つきをしているせいでいくぶん若く見える。

「まあ、両方の意見とも判らんではないからな」

「月とスッポンてやつかのぅ」

「それを言うなら、『五十歩百歩』だろ。意味がぜんぜん違《ちが》う」

「マジでか!?」

「でも、このままだと、五十歩百歩どころか、千歩でも一万歩でも行っちゃいそうだけどねぇ」

「まったくじゃ。とりまとめ役の高寄《たかさき》もいつの間《ま》にか、ヒートアップしとるし。はーっ、いつになったら終わるんかのぅ」

「そんな呑気《のんき》なこと言ってぇ。当主《とうしゅ》さまがそんなじゃ、まとまる意見もまとまらないよぉ?」

おっとりとした口調が皮肉には聞こえず、あいかわらずだらけたような態度の青年は、おまけとばかりにアクビをした。

「おい。少しは緊張感《きんちょうかん》を持てよ……。ほら、さっきから束紗《たばさ》のがおまえのこと睨《にら》んでるぞ」

言われて、青年がちらりと視線だけをそちらに向ける。

確かに、着物姿の男性がじっとこちらを見ていた。

その男性とは先日、口論したばかりだ。

「……放《ほう》っておけばいい。……ったく、最近の若いもんは……」

着物の男性を指して若いというが、男性の年齢《ねんれい》はすでに四十を過ぎている。

「またぁ、そんなお年寄りみたいなこと言ってぇ」

「ワシぁ、もう年寄りじゃい」

「そんな格好《かっこう》した年寄りが何処《どこ》にいるんだ」

「ここじゃ、ここっ！　だいたいおまえらもワシとおない歳《どし》じゃろが。しかもライヴんときはおんなじような格好しとるしのぅ」

「はっはっはっは、そうだっけぇ？」

とか、とぼけた風《ふう》に背広の男性は笑った。

結局その後、話し合いは二時間続いた。

正午からはじまり終わるころには、早く暮れる冬の陽《ひ》もあって、すっかり夜の中だった。

♪

あいかわらずジェットの母、珠生《たまき》の帰りは遅《おそ》い。夕食の用意はジェットと正宗《まさむね》だけでは心許《こころもと》ないと、アシスタントのひとたちが手伝ってくれている。

珠生が忙《いそが》しくなってから、いつもならこの面子《メンツ》に月兎《げっと》も加わることが多いが、今日は昼ごろ出かけたまま、まだ帰宅していない。

普段着《ふだんぎ》で出ていったので、仕事ではないらしい。いったい、何処でなにをしているのやら。

ジェットはそんなことを考えながら、てきぱきと夕食を居間の座卓《ざたく》に運ぶ。

その頭のうえには、テルミンが乗っかっていた。テルミンは、ひとの頭に乗っかるのが好き。隙《すき》あらば、ジェットや月兎の頭のうえにジャンプしてくる。

放っておくといつまでも乗っているので、たまにうっかりそのまま学校に行きそうになるときがある。

そのときは、集団登校の集合場所に着く前に、美雨《みう》に、

「ジェットちゃん、今日は、テルミンといっしょに行くんだね」

とすっとぼけたことを言われてやっと気が付いた。

美雨《みう》は、嫌《いや》みでもなんでもなく、普通《ふつう》にテルミンを学校に連れていくんだ。と思ったらしい。

何故《なぜ》、そんな天然ボケみたいなことを言ったかというと、実は一度、テルミンを学校まで連れていってしまったことがあったからだ。

頭のうえに登るのと同じくらいテルミンは、狭《せま》いところに潜《もぐ》り込《こ》んだりするのが大好き。

夏休みももうすぐというその日、ランドセルの中に潜り込んで……、学校に着いたジェットがランドセルを開いてみると中からテルミンが飛び出してきた。

「うわぁぁあっ！」

と叫《さけ》び声を発してしまったせいで、もちろん、クラス中の生徒に見付かってしまった。

「きゃー、かわいいっ！」

「これなにこれなに？　いぬ？　ねこ？」

「うわー、耳たれてるぅ〜〜」

「このコ、ジェットくんのぉ？」

とか、めざとい女子たちにジェットとテルミンはあっという間《ま》に囲まれる。

女子は、敵国の国境を簡単に越《こ》えられるパスポートを持っているようだ。

「あ、あの、そ、そのっ……」

などとジェットがパニクっている間に、担任の菊間《きくま》先生がきてしまった。

菊間は、連れてきてしまったのは仕方がないけど、このままじゃ授業の妨《さまた》げになるからと、テルミンを学校のうさぎ小屋に入れておくことを勧《すす》めた。

仕方なくジェットは、うさぎ小屋にテルミンを連れていった。

でも、心配で心配で、一時間目の授業の内容など頭には入らない。

テルミンはさみしがりやさんだし、学校のうさぎの中には、『番長』と呼ばれる他《ほか》のうさぎとはひとまわりくらい巨大《きよだい》な暴れん坊《ぼう》うさぎがいる。

うさぎの世話《せわ》当番になった生徒たちは必ずといっていいほど、番長の繰《く》り出すドロップキックやボディプレス、はたまたドラゴンスクリューなどの被害《ひがい》にあったと聞く。多少、噂《うわさ》に尾ひれが付いていたことはなきにしもあらずだけれど。

そんな凶悪《きょうあく》なうさぎがいる小屋にテルミンを置いてきてしまった。

仕方がなかったとはいえ……。

いじめられてはいないだろうか、それで小屋の隅《すみ》っこでひとりむせび泣いてやしないだろうか。

ジェットは、休み時間になるやいなや教室を飛び出し、うさぎ小屋に向かった。

が――

「ものっすごい仲良しぃっ！」

テルミンは、小屋で飼われているうさぎといっしょに寄り添《そ》って眠《ねむ》りこけていた。

しかも、あの番長にもたれかかるようにして。

おまけに、その後、ジェットは、番長に一目置《いちもく》かれる存在となった。

番長とテルミンの間になにがあったのか判《わか》らないが、テルミンと友達のジェットは、番長とも友達、てところだろうか。

さらに、テルミンがもたらした功績はそれだけじゃない。

四年生のうさぎ小屋係の誰《だれ》も番長に襲《おそ》われなくなった。

用務員さんの『やっさん』こと、小川保永《おがわやすえい》さん（七十歳《さい》）によれば、

「こんなこと、今までにいっぺんもありゃせんかったこつですばいだっちゃもんよ」

だそうだ。

つまり、テルミンの友達のジェットの仲間であろう四年生はみんな仲間。

おまえのモノは俺《おれ》のモノ。俺のモノは俺のモノ的なジャイアニズムか、こうして小学校にまたひとつ伝説が生まれ、それ以後、うさぎの世話《せわ》は四年生の担当という伝統が生まれたとか生まれなかったとか。

そんなこともあって、たまにジェットは小学校へ、テルミンを番長に逢《あ》わせてあげるため連れていく。

「また、番長のとこ行く？」

と最後の皿をテーブルに運び終えたジェットは、テルミンに訊《き》いた。

「くぅ〜〜っ！」

テルミンがうれしそうに鳴く。

ジェットもうれしい。今日の夕飯は、ミートスパゲッティ。

おいしそうだなー。なんて、ジェットが、ぐ〜っ、と鳴るお腹《なか》の虫の合図を確認《かくにん》していると、

「うぉ〜〜い。ジェット、ただいま〜〜っ」

やっと月兎《げっと》が帰ってきた。


「んんんん、ぬわんじゃこりゃあぁぁあっ！」

フォークではなく箸《はし》でパスタを口に運ぶ月兎は、食べると同時に叫《さけ》んだ。

「じーちゃん……うるさいし……飛んでるし……」

言いつつ、ジェットは隣《とな》りに座《すわ》る月兎がテーブルに叫び噴《ふ》いたパスタの残骸《ざんがい》を布巾《ふきん》で、ふきふきする。

「つんまいっ！　ジェット、つんまいじゃ！　うまいじゃないぞ、『つんまい！』じゃ」

「はいはい」

やれやれとうなずきながら、ジェットもパスタを口にした。

あ、ほんとにおいしいや。

自分も手伝ったからという感想も含《ふく》まれているけれど、確かに、前に食べたときよりもおいしい。

それは、アシスタントの女性のひとりが、

「あ、私、前にパスタ屋でバイトしてたんですよ」

と言うだけあって、缶詰《かんづめ》のミートソースでも一工夫《ひとくふう》でずいぶん味が変わった。

「ふがふがふがふがふがっ！」

もうなに言ってるのかさっぱりだ。

月兎《げっと》は、食べながら喋《しゃべ》るという妙《みょう》な（ずいぶんお下品な）クセがある。

しかしながら、ジェットがそれを「じーちゃん、はしたないよ」と母親の言葉を真似《まね》て言ってみても、

「す、すまんなさい」

といつものようにしゅんとなるが、次の日には元通り、

「ぐはっしゃもがっぷぁっ！」

はしたなくなっている。

なので、ジェットもこのことに関してはなかばあきらめ気味。

六十年以上こんな風《ふう》にご飯を食べてきたひとに言い聞かせても、ちょっとやそっとでクセが直るワケがない。

――母《かあ》さんの話だと、ばーちゃんもずっと言ってたけどダメだったみたい。

月兎は、今は亡《な》き祖母の言うことはワリと素直《すなお》に聞いていたらしい。

今からするとあまり想像ができない。

普段《ふだん》、一見、ジェットの言うことを聞いているように見える月兎だが、いつの間《ま》にか月兎の言う通りになっていることが多い。

この間もそうだ。

ぼく、勉強があるって言ってるのに、結局、いっしょにゲームしてたし。

ジェットに祖母の記憶《きおく》はない。

あたりまえだ。

祖母は、母、珠生《たまき》が小学校にあがるころに亡くなってしまっている。

元々《もともと》、身体《からだ》が弱くて大人《おとな》になるまでは生きられないと言われていたそうだが、それでも月兎といっしょになり、珠生を生んで育てた。

どんなひとだったんだろう……。

写真は見たことがある。

いつも、じーちゃんの部屋に飾《かざ》ってあるやつ。

今と変わらぬじーちゃんが少し照れくさそうに見たこともない表情で笑って、綺麗《きれい》な女の人と写っている写真。

ぼくのばーちゃん。

晴歌《はるか》という名前。

とっても綺麗《きれい》なひと。
髪《かみ》が長くて、やさしい表情。
写真なのに、触《ふ》れるととてもあたたかいような。
少し、姉《ねえ》さんや母《かあ》さんに似ている。
あたりまえか。だって、血が、繋《つな》がってるんだもんね。
ぼくとじーちゃんみたいに。
どんなひとだったんだろう……。
じーちゃんがゆうことを聞いちゃうくらい、すごいコワイひとだったのかな?
でも、ぜんぜんそんな風《ふう》には見えないし……。
ばーちゃんかぁ……、なんだか尊敬しちゃうなー。
写真でしか逢《あ》ったことのない祖母に、想《おも》いをはせる。
その間も月兎《げつと》は、
「作ったやつは、天才ジェフじゃのう! ぼほふぁっ!」
言って、そして自分でウケている。
それに反応して、
「なに言っちゃってるんですか、もう、月兎さんたらっ」
とアシスタントの女性陣《じょせいじん》。

ちょっと、赤く頬《ほお》を染め、なに言っちゃってるんですか。
ほんとにもう、なに言っちゃってるんですか。
ジェフって誰《だれ》？
間違《まちが》ってますよ。いろいろ。
考えてほしいのです。
ここにいるのは、齢《よわい》六十を過ぎたジェットのじーちゃん。
ジェットの三倍の量のパスタを余裕《よゆう》で完食する胃袋《いぶくろ》の持ち主。
たしかにね。
たしかにそう。顔はさわやか系。アイドルに負けず劣《おと》らず。
でも頬染めないで。
注意深く見て。
気付くはずです。

——じーちゃんですよ？

やっぱり、ここはぼくががんばらなきゃだよね。
あらためて思わずにはいられない。

おじーちゃんに頬《ほお》染めるうら若き女性など聞いたことがない。
それもこれも月兎《げっと》が変わっているせいだ。
しかもだいぶ変わっているせいだ。
ぼくが、がんばってじーちゃんを〝普通《ふつう》〟にすれば、きっとすべてがうまくいく。
ぼくの身長も伸《の》びるし……、
「女の子みたい」
ってもう、言われなくなるんだ。
きっと！
それに、じーちゃんのこと、こんな冷めた目で見なくてもよくなる……。
妙《みよう》なことから、気持ちを強くした夜。
「くう？」
テルミンは、ジェットのパスタを器用にちゅるちゅるとつまみ食い中。
ちっちゃい口の周りが、ミートソースで真《ま》っ赤《か》っか。
まるで生肉《なまにく》に喰《く》らい付く猛獣《もうじゆう》。
……には、見えないか。

「くくっ！」

見えないってば。


♪


夕飯を終えて満腹感に浸《ひた》りつつジェットは、月兎とテルミンといっしょに、テレビのバラエティー番組を観《み》ていた。

月兎は番組がはじまってからずっとそわそわと時間を気にしていたかと思うと、ついには席を立った。

「ちょっくら、出てくるわい」

「じーちゃん？」

おや、とジェットは思った。

今やってるテレビは、お気に入りのお笑いコンビ『こんびーふん』が出演しているのでいつも月兎が楽しみにしている番組だ。

それなのに、何処《どこ》へ行くというのだろう。

テレビよりも楽しいことかな？

「バンドの練習じゃ」

ジェットが立ち上がった月兎《げっと》を不思議そうに見上げていたので、月兎は、用事の内容を教えてくれた。

でも、ジェットにしてみると、

「また？」

「まーのぅ。ちったぁバンドで練習せんとな」

おやおや、とジェットは思った。

練習って、いっつもいっつも夜、ギターを持って出かけるじゃないか。

今日は、これでもまだ早い時間かもしれないけど。

あれって、練習じゃなかったの？

じゃあ、なにをしてたのさ。ギターなんか持って。

ひとりで練習？

さんざんうちでもギター弾《ひ》いてるクセに？　あんなご近所迷惑《めいわく》な大きな音で。

じーちゃん、迷惑かけすぎ。

ぼくにもさ。なんだかなぁ。

「ライヴが近いんじゃよ。行ってくる」

言って、月兎は部屋を出ていった。

「ふーん……。ライヴかぁ……」

そういえば、ジェットは、月兎がライヴをしているところはおろか、バンドをやっているところを見たことがない。

「じーちゃんのバンドってどんなんだろ……。バンドぉ……だから、やっぱりみんな悪いひとたちなのかなぁ………」

ジェットの中では、『バンド』イコール『不良のひと』の図式が成り立っている。

テレビでも、バンドやっているひとは、なんとなくワルに見えてしまう。

全部が全部そういうワケじゃないと判《わか》っているつもりだけれど……、

「やっぱり……ねぇ……。だいじょぶかな、じーちゃん」

ワルなひとといっしょに夜遊びしたりしてないかな？

てか、これ以上じーちゃんが不良老人の道を突《つ》き進まないでほしいなぁ。

バンドってどんなだろ……？

ちょっぴり見てみたい。

でもやっぱり、少し怖《こわ》い気がした。

……ワルは、ダメです。

ワル……ではないかもしれないが、ジェットの住むこの街は、わりとバンド活動が盛《さか》んで、音楽に関するお店や練習スタジオなどが数多く存在する。

夏には、全国規模とまではいかないまでも、数万人のひとが訪《おとず》れる野外フェスティバルも開《かい》催《さい》され、毎年異常な盛り上がりを見せる。

何故《なぜ》、こんな地方都市のはじっこの街でそれほどまでに音楽が盛んかといえば、はじまりはたった四人の青年たちからだった。

その四人は、今から四十年ほど前、『The Milky Apes——ザ・ミルキィエイプス（〃乳臭《くさ》い猿《さる》ども〃の意）』の名前を持つバンドを誕生させる。

当時、世の中には歌謡曲調《かようきよく》のメロディを持つバンドは数多くあったが、ミルキィエイプスは、ひたすらにパンクを唄《うた》っていた。

あたりまえのように人々は彼《かれ》らに見向きもしなかったが、メンバーのルックスもあり徐々《じよじよ》に注目が集まりはじめる。

やがて、そのメロディと詩を大切にした楽曲、狭《せま》いステージ上を暴れ廻《まわ》るライヴパフォーマンス、演奏はひどいものだったが、彼らのひたむきでバカらしくもすがすがしい姿は、熱狂を生む。

しかし彼らは、テレビ露出《ろしゆつ》もしようかという人気の絶頂期、現在でもこの街でおこなわれている野外フェスの原型になるイベントを最後に——解散した。

その理由は、今なお数多く、だがあくまでも噂《うわさ》、憶測《おくそく》の範囲《はんい》で語り継《つ》がれている。

『メジャーとインディーズ問題によるメンバーの意見の食い違《ちが》い、そして脱退、解散』

『野外イベントは無許可のゲリラ敢行《かんこう》だったため、メンバーに逮捕者《たいほしゃ》が出た』

『メンバーの失踪《しっそう》』

『体力の限界』

『メンバーのひとりは、ガラスの心臓の持ち主で、本当は三十分の演奏しか耐《た》えられないのに、それを超《こ》えたライヴパフォーマンスにより最後の一曲をやる直前に息絶えた』

『普通《ふつう》の男の子になります』

『単純に、メンバーの就職』

もっともらしい理由もある。いい加減な理由も多い。

結局、どれもしょせん噂で、憶測だ。

が、「一番、現実感がありすぎて正直がっかりする」という理由から、これはないなとされていた――

就職。

が主な解散の原因だった。

この事実を知る者は、ごくわずかだ。

メンバーは全員、才能も音楽に対する情熱も持っていたが、いかんせん他《ほか》にもっと叶《かな》えたい夢があった。

ドラムだったおっとりとした性格の青年は、教師になった。

ベースだった一番落ち着きのある青年は、実家の酒屋を大きくするという野望を持っていた。

ギターだったひょろ長い青年は、世界をこの目で見たいと旅に出た。

ギターとボーカルだった赫髪《あかがみ》の青年は……、お坊《ぼう》さんになった。

四十年ほど経《た》った今、彼《かれ》らは彼らでそれぞれの夢を叶え、元気にやっている。

パトラッシュでもなければミスギくんでもない。

だがしかし、今、『バンド再結成』の噂《うわさ》があちらこちらで聞こえる。

それは、近頃《ちかごろ》、音楽性は違《ちが》っているがミルキィエイプスによく似た音を鳴らすバンドが出現したからだった。

メンバーは三人になっていたが、ベースとドラムは初老の男性で、何処《どこ》となくミルキィのメンバーに似ている。

そして、なんといっても、ギターボーカルのまだ若い青年は、四十年前のミルキィエイプスのボーカルにそっくりびっくり。

彼らは、『シルバーシーツ』を名乗り、地元のCDショップでのみ販売されたデモCD-R

は、噂が噂を呼び飛ぶように売れ、あっという間《ま》に完売。

けれどもまだ情報はアンダーグラウンドな段階だ。

なにしろ伝説とはいえ、ミルキィエイプスが活動していたのはずっと前の話で、バンドのことを覚えているひとの方が少ない。

CD-Rを買ったのもほとんどが若い年齢層《ねんれいそう》。

実際の話をしてしまえば、シルバーシーツが、ミルキィエイプスだろうがなんだろうが、さして重要なことではないのかもしれない。

若いひとたちは、そのシルバーシーツの鳴らす音楽が好きで、ただグッドソング、ナイスミュージックであればよいワケだった。

まあ、ボーカルのルックスや赤いV字型のギターを叩《たた》き殴《なぐ》るように弾《ひ》くパフォーマンス、血管をブチ切るイキオイで唄《うた》い叫《さけ》ぶ姿、六十過ぎのじーさんがそんな青年のバックをタイトなリズムでしっかりと受け持つ。

まあ――話題先行なのは、間違《まちが》いない。

「うおい、武満《たけみつ》。ちゃんと練習しておけよ。ライヴも近いんじゃやしな」

練習スタジオを出たすぐの駐車場で、赤い原付《ズーマー》にまたがった月兎《げっと》は、ヘルメットをかぶる前にそんなことを言った。

「判《わか》ってるよぉ。でもさぁ、練習するところが学校の音楽室とかしかなくてねぇ。たいへんなんだよぉ～？」

おっとりとした口調のせいであまりたいへんそうには感じない。

頭のはげた恰幅《かっぷく》のいい初老の男性、伊部武満《いべたけみつ》は、二月だというのにしたたる汗《あせ》をハンカチでぬぐう。

「おまえんち、金持っとるだろうが。自宅にスタジオでも造ればええじゃろが。そしたら、ワシらもこんなしょっぽいスタジオ《とこ ろ》でちまちまやらんでもよくなるし」

嫌味《いやみ》っぽく月兎《げっと》は口を尖《とが》らせた。

「まあねぇ。でも、うちじゃちょっとドラム叩《たた》きにくいんだぁ。スタジオ造るにしても音がねぇ。生まれたばかりの孫もいるからさぁ」

としかし嫌味も通じず、伊部はたるんだ顎《あご》をぷるぷると揺《ゆ》らす。

「くはははっ。月兎も武満も孫バカだからな」

ふたりのやりとりを見ていた精悍《せいかん》な顔つきをした初老の男性、左海秀雄《さかいひでお》がこらえきれず吹《ふ》き出した。

「おい、ヒデ。バカとはなんじゃ！　ワシのこのジェットに対する熱き想《おも》ひはそう——ラヴぅじゃあぁあっ！　ラヴぅうじゃあぁあぁあぁ～～っ！」

「二回もゆうな」

「愛かぁ。でも、それなら僕も月兎ちゃんに負けないんだもんねぇ」

意外に負けず嫌《ぎら》い。伊部は、背広の内ポケットから定期入れくらいのケースを取り出した。

「ほら、見てぇ。かわいいでしょ〜〜」

伊部は、たるんだ顎をさらにたるませて、ケースの中に入った写真をふたりに見せる。

生まれたばかりだという赤ちゃんが写っていた。

「なんじゃ、そんなしわしわくちゃくちゃの赤ん坊《ぼう》！　ワシの方が偉大《いだい》なラヴじゃ！　これを見ろ！　このジェットの愛くるしくて窒息《ちっそく》してしまいそうな笑顔《えがお》を見ろ、そして、窒息しろ!!」

何処《どこ》からともなく大量のジェットの写真を持ち出してくる。

赤ちゃんのころから最近の写真まで幅広《はばひろ》い。中には、どうかんがえてもこの角度……盗撮《とうさつ》じゃないか？　と思わせるに十分な写真もあった。

左海は、片手で思わず顔を覆《おお》った。

——なに、自分の孫に盗撮まがいなことをしてるんだか……。

バカ通り越《こ》して、逆にもう立派だよ……。

違《ちが》うか。

とかなんとか考えている間に、月兎と伊部の孫自慢《じまん》大会が熱戦の火ぶたを切って下ろした。

そうやって、彼《かれ》らはずっとわいわいと騒《さわ》がしいながら親友と呼べる関係を続けてきた。

陽《ひ》の当たる場所でも、誰《だれ》も知らないような〝影《かげ》〟にいるときも。

♪

只人《ただびと》には聴《き》こえないあの鐘《かね》が、この夜も街中に響《ひび》いていた。

街に、危険を知らせる鐘。
狐《きつね》の面をした者たちが影になり、闇《やみ》に蠢《うごめ》くとき。
あの赫《あか》い髪《かみ》をした青年も例外ではなく、いや、むしろ皆《みんな》の先陣《せんじん》を切って、危険の中に飛び込《こ》んでいく。
それは、赫髪の青年に課《か》せられた〝使命〟だからでも〝義務〟だからでもない。
青年がこの街を護《まも》りたいと思っているからだ。
ただ、愛《いと》しいひとを護りたいと願っているからだ。

キーン、キーン、キーン、キーン……。

最近、ジェットはこの鐘の音《ね》のようなモノをよく耳にするようになったが、それらが聴こえるのはたいてい夜中なので睡魔《すいま》に襲《おそ》われ、さほど気にすることもなく眠《ねむ》りに落ちていってしまっていた。

だが、その日は、寝付《ねつ》けず、なんどもふとんの中で寝返りを打つ。

同じベッドでは、テルミンがとっくに眠りこけ、心地よさそうに寝息を立てている。


キーン、キーン、キーン……。


鐘の音はやがて、頭の中でも響くようになって、それはひどく重い頭痛に変わっていった。

外は底冷えする寒さ。

ジェットは、きっとそのせいだと思った。

今日は、学校で体育の授業があってすごく汗《あせ》を掻《か》いてしまったけど、すぐにタオルで拭《ふ》かなかったから、風邪《かぜ》を引いてしまったのかもしれない。

ああ、そっか、なるほど……。

ぼく、風邪を引いちゃったのか……。

まるで他人事《ひとごと》のよう。

考えるのも頭痛のせいでつらくなってくる。

頭の中で、鐘が鳴る。

キーン、キーン、キーン…………。

その鐘《かね》になんだか、「あぶないよ。あぶないよ」と何度も言われているようで、とても落ち着かず、そわそわした。

気が付けば、じわりと手のひらに汗《あせ》を掻《か》いていた。

……いつになったら消えるのかなぁ……これ…………。

頭痛。鳴る鐘の音《ね》。

あー、寝《ね》られない。

寝なきゃダメなのに。

明日は劇の練習、体育館のステージでやれるのに。

それから、衣装《いしょう》がやっとできたとか言ってたから、それを着たり着られたり……。

眠《ねむ》らなきゃ……。

明日、起きれなくなっちゃうよ。

眠ったら、風邪《かぜ》も治るかもしれないし。

……あぁ。

……誰《だれ》か……。

父《とう》さん、まだ仕事してるのかな？

じゃあ邪魔《じゃま》しちゃダメだよね。

母《かあ》さんは、夜遅《おそ》くまで仕事してて、それで疲《つか》れて帰ってきた。……起こしちゃダメだ。

じーちゃんは……何処《どこ》行ったんだろう……。

部屋にいなかった。

また、夜遊び？

バンド？　不良老人まっしぐらぐらぐらぐらぐらぐらぐら…………………。

なんで、いないんだよぉ。

いつもは、ぼくが嫌《いや》がってもいっしょに寝るとかいうのに。

じーちゃんの、ワガママ。

なんで、こんなときにいないんだよ。じーちゃん。

じーちゃん……なんて……。

じーちゃんなんか——

あー、頭が痛い……。

それから、ジェットに訪《おとず》れるのはレム睡眠《すいみん》ばかりで、朝方まで続いた鐘の音と頭痛に、すぐに目を覚ましてしまった。

あまり眠《ねむ》れず、朝がやってきた。

「ジェット、おはよう」

朝起きると、母、珠生《たまき》が朝食の用意をしていた。

「お…はよ……」

珠生の昨日《きのう》の帰りは遅《おそ》かったが、よく眠れたのだろう。すっきりとした顔でてきぱきとフライパンでソーセージをいためたり、食パンをオーブンに入れたりする。

「お父《とう》さん、今さっきご飯食べて寝《ね》たわよ。ほら、ジェットも早くしないと遅刻す……って、ちょ、ちょっとジェットっ!?」

珠生は、ジェットの様子に我《わ》が目を疑った。

目の下に大きなクマがあって、寝ぼけてるというには度が過ぎる。

ジェットは、キッチンのテーブルの椅子《いす》に腰《こし》かけると、うとうととして何度かテーブルに頭を打ち付けた。その度《たび》に、のそりと身体《からだ》を起こして、何故《なぜ》か、食卓塩《しょくたくえん》を何も載《の》ってない皿にふりかけ、「いただきます」と言いつつまたうとうとをはじめる。

その仕草《しぐさ》が我が子ながらあっぱれな萌《も》えだったので、少女まんが編集者としては少しおかしくて、失礼と思いつつも笑《え》みがこみ上げてきた。

「ジェット、どうしたの？　って、ほら、塩はもうかけなくていいから」

「んん……。すいませんすいません……。んん？　あ、すいませんすいません」

「二回言ってるし」

珠生は、父、月兎《げっと》が寝ぼけているときとボケっぷりが似ていてますます笑ってしまいそうになる。

やっぱり、血が繋《つな》がってるんだもんねぇ。とかうっかり声に出しそうになってそれをあわてて呑《の》み込《こ》んだ。

最近ジェットは、月兎に似ている的なことを言うと、あきらかに迷惑《めいわく》そうな顔をする。

ふたりといっぴきでいるのを見るからには、別に月兎を嫌《きら》っているワケじゃなさそうだけど、確実に戸惑《とまど》ってはいるのだろう。

「ま、仕方ないか。戸惑いますわな、普通《ふつう》は。うちの周りの人間の適応能力がありすぎんのよねぇ。正宗《まさむね》さんもそうだけど。って、こら、ジェット、その味付けのりをコーヒーに入れるつもり？」

「んあぁ……、なんでもないです。なんでもないです。いや、なんでもないです」

「なに否定よ。まったく。ほら、起きなさーい」

珠生は、ジェットのやわらかいほっぺを、むにっ、とつまんで引っ張る。

「んんっ、ああ、母《かあ》さん……おは……よ……」

「寝るな寝るな。どうしたの？　きのう、寝るの遅かったの？」

ほっぺをつねった効果が出てきたのか、ようやくジェットとまともに会話が成立する。

「うんん……なんか、寝《ね》れなくて……」

「熱は……んー、ないみたいだけど」

ジェットの頬《ほお》や額に手を当て、自分の体温と比べる。

「どうする？　学校休む？」

「いいよ……。だいじょうぶ、眠《ねむ》いだけだから……」

「ほんとに大丈夫《だいじょうぶ》なの？　あれだったら、お母《かあ》さん会社休むし」

「ううんっ、いい。だいじょぶ。それに今日、劇の練習あるから。大事な練習だから」

ジェットは、椅子《いす》から降りると洗面所に向かった。

身体《からだ》の調子は思ったより悪くない。

ひどく眠いだけだ。

風邪《かぜ》でもないみたい。

ああ、よかった。

この調子なら、学校休まなくていい。劇の練習にも出られる。

母さんにも迷惑《めいわく》かかんない。

洗面台。蛇口《じゃぐち》をひねる。

水は肌《はだ》に痛いほど冷たかった。

♪


「はわわわ〜〜〜…………っ。はふぅ……」

小学校に着いても眠気《ねむけ》はさほど覚めず、大きなアクビを繰《く》り返した。

もうすぐ一時間目の授業がはじまるというのに、教室中なんだか落ち着かない。

今日は、初めてステージを使った劇の練習ができるので、そのせいだろう。

よく見れば教室のあちらこちらにできているグループは、役者、衣装《いしょう》、照明、音響《おんきょう》などに分かれている。

しかし、ジェット少年はというと、教室に入ってきてからずっと自分の席に腰《こし》かけたまま、ぼんやりとアクビを繰り返している。

「どうしたの?」

ちゃっかりとジェットの傍《そば》にやってきていた美雨《みう》が隣《とな》りの席に座《すわ》る。

あいかわらず、クラスにおける小学四年生的男女の国境など知らぬ存ぜぬ状態。

「ちょっと、きのう……あんまり寝《ね》れなくて……ふわぁ〜……」

いつもならキョロキョロと他人の目(特に男子生徒の)を気にしてしまうジェットだが、今日は、眠気と格闘中《かくとうちゅう》でそれどころじゃない。

だからだろうか。以前、美雨にそうしていたように自然に接することができていた。

「そっか。授業中寝ちゃうと、菊間《きくま》先生に怒《おこ》られちゃうよ」

冗談《じょうだん》っぽく美雨は言う。

「だいじょうぶだいじょうぶ、寝ないよ……。がんばるもん……」

「でもなんで寝られなかったの？」

「なんかね、キーン、キーン、キーン……て鐘《かね》の音《ね》みたいなのがずっと聴《き》こえて、そしたら、頭が痛くなっちゃってさ……」

「鐘の…音……？」

「頭の中でずっと鳴ってて……だんだんうるさく聴こえるようになってきちゃって……。風邪《かぜ》かなんかのせいかなって思ってるんだけど……。もしかして、ミーちゃんも聴いた？」

「えっ？　わたし……？」

ミーちゃんと学校で普通《ふつう》に言われたので、逆に美雨が驚《おどろ》いてしまった。

あれだけ、執拗《しつよう》に名字で呼んでいたのに。

「聴いてないんならべつにいいんだけどさ。夜遅《おそ》いしさ。寝ちゃってるよね」

「あ、うん」

美雨が口ごもるのにも気付かず、ジェットはなんとか眠気を覚まそうと、両手で顔を挟《はさ》んで、

「ううぅ――――っ」

と、うなりほっぺを押《お》さえた。

「なにしてるの、ジェットちゃん……？」

「こうやったら、ちょっと眠気《ねむけ》がどっか行ってくれるかなあって」

「アハハっ、飛ぶかもねー」

なんだかとてもおかしそうに美雨《みう》は笑った。

「笑わないでよぉー。真剣《しんけん》なんだからー」

「ごめんごめん」

謝《あやま》る美雨。でも本当は、ジェットの仕草《しぐさ》がとっても可愛《かわい》らしかったから、なんて言うときっと、彼《かれ》はふくれてしまうので言わないでおこう。

そして、いつの間《ま》にか、男子の数人がジェットと美雨の様子に気が付いて、あれこれからかうようなことを口にしていたが、ジェットの耳には届かず、美雨と喋《しゃべ》っている姿がいつもと違《ちが》いすごく自然なので、女子の一部には、

「はっは〜〜ん。ジェットくんと美雨――なにかあったのねッッ？」

なんてことをうれしそうに言う子もいた。

そうしているうちに、一時間目の始業ベルを待たずに、

「はーい。みんな、席に着いて〜〜」

菊間《きくま》が教室にやってきた。

ジェットと美雨の仲をうらやんでいた男子や、ワイドショウ好きの主婦のようなことを言っていた女子もみんな、それぞれの座席に着く。

すると、ひとりの男子生徒がなにやらにやつきながら手を挙《あ》げた。

「せんせー」

菊間《きくま》は教材を教卓《きょうたく》に置くと、手を挙げた生徒の方に向く。

生徒が楽しそうな表情をしているので、彼女はにこやかに訊《き》いた。

「なに？」

「ジェットと束紗《たばさ》が朝から『らヴらヴ♡』で困りますッ」

どっと教室が沸《わ》いた。

おーっと男子が、きゃーきゃーと女子が盛り上がる。

いつもならここで顔を真《ま》っ赤《か》にして、ジェットが取り乱しながら、「ち、違《ちが》っ」とか慌《あわ》てて取り繕《つくろ》おうとする。

がしかし、

――――――――――――――――……………ぐーっ。

寝《ね》てた。

ぐっすりすやすや。鼻ちょうちんなイキオイで。

ある程度、こういった冷やかしやからかいの類《たぐい》に対するジェット少年の反応を予想していた菊間《きくま》も一瞬《いっしゅん》、あっけにとられる。

「………じぇ……ジェットくんっっ⁉」

「──は、はい。すいません……ぐー」

寝《ね》たっ‼

クラス中総ツッコミだった。

ただひとり、美雨《みう》だけが、やさしげな表情で微笑《ほほえ》んでいた。

だけど、誰《だれ》も気付いてなかった。

思いもしなかった。

ジェットのこのときの単なる寝ぼけているような様子が、あとあとになって街に暮らすひとたちすべてに怪《あや》しい影《かげ》を落とすことにつながっていくなんて。

♪


「ちょぇぇぇぇぇぃっ！　この地のもずくとなれぇぇぇぇ〜〜〜〜〜〜〜〜〜〜っ!!」

赫《あか》い髪《かみ》に狐《きつね》の面をした青年は、ギター型の法具《ほうぐ》を振《ふ》るった。

闇《やみ》にまばゆい光と衝撃波《しょうげきは》によって、犬よりも狼《おおかみ》のような姿をした——もののけが吹《ふ》っ飛ぶ。

「うっし、片付いたのー。封印《ふういん》が必要なのもおらんかったし」

「うん。というよりさ、『もずく』じゃなくて『藻屑《もくず》』だよぉ」

夜の闇、うっすらとした髪のふくよかな初老の男性が、うっすらと浮かび出《い》でる。手にはさっきまで着けていた狐の面を持っている。

「どっちでもおんなじじゃろ」

「おんなじなもんか。まったく、その適当に物を言うクセはなんとかならないのか、おまえ」

今度は、陽焼《ひや》けした精悍《せいかん》な顔つきの初老の男性だ。うすらハゲの男性と同じくその手には、狐の面。

「おう、なんとかならん」

としかしあっさり青年は言う。

「で、おまえらのトコは終わったじゃろな？」

「うん。オッケーだよぉ」

「こっちもだ」

建設中のデパートの屋上。

ここは完成すれば、子供たちがおもちゃ売り場と同じくらい楽しみにするだろう小さな屋上遊園になるはずだった。

しかし、その工事は数日前から止まってしまっている。

この現場で、原因不明の事故が多発したからだ。

誰《だれ》も乗っていないトラックが走り出し、作業員がはねられた。鉄骨が落ちてきて、危《あや》うくひとが下敷《したじ》きになりそうになった。風もないのに、ショベルカーが横倒《よこだお》しに。作業員の何人かが、発熱を訴《うった》え、体調不良に。

他《ほか》にも些細《ささい》なことを入れればきりがない。

工事を請け負《うお》っていた業者も最初は、事故自体なかったことのように作業を進めていたが、周辺住人や建設を反対していた団体の抗議《こうぎ》もあり先日、工事がストップした。

そうして誰もいないはずの屋上に、赫髪《あかがみ》の青年。

街に古くから住む人々が神聖としてきた土地に、建設業者が踏《ふ》み入った。

住人たちの反対、制止も聞かずに。

その結果がこれだ。

この土地に封印《ふういん》されていた〝力〟が解放され、それによって、もののけたちがこの場所に集まってきてしまった。

不幸中の幸いだったのが、あれだけの事故が続いて死者が出なかったことだろう。

「ったくもう、毎晩毎晩、骨が折れるのぅ」

ぶつくさ言いながら、青年は背負《しょ》ったＧＩＧ《ギグ》バッグにギター型の法具《ほうぐ》を仕舞《しま》い込《こ》む。

そして、狐《きつね》の面をはずした。

「まあねぇ、切りがないと言ってしまえばそうだけどさぁ。でも、ねぇ？」

ハゲの男性は、隣《とな》りにきた陽焼《ひや》けの男性に話を振《ふ》る。

「それでもやらなきゃならない。それが俺《おれ》たちの〝仕事〟だろう」

「わーっとるわい。しかしこんなのがこのまま続けば、強硬派《きょうこうは》の束紗《たばさ》らが黙《だま》っとらんじゃろうなー。いいかげんなんとかせねば」

「と言っている本人が一番、いいかげんなんだもんねぇ、実際問題」

「うっさいわぃ」

嫌味《いやみ》を言われ憤慨《ふんがい》した青年は、ネズミのように前歯をむき出しにし、頬《ほお》をこけさせ、加えて鼻の穴をおっ広《ぴろ》げるという意味不明な表情を繰《く》り出した。

「なんなんだその顔は……」

やれやれと陽焼けの男性は、首を振る。

表情はさておき、いいかげんと言われるには十分だなという自覚も青年にはあった。問題を先送り先送りにして、こうやって闇《やみ》に忍《しの》んで人の敵になりうる存在を伐《か》っているだけだ。

しかし日ごとその敵は増えるばかり。他《ほか》の仲間たちの疲労《ひろう》もいちじるしく、何の手も打たないでいることに苛立《いらだ》ちを隠《かく》せない。

その責任は、統《す》べる立場にある当主《とうしゅ》——自分自身にあるのは判《わか》っている。

「しっかし、ことは〝人間〟同士にもおよんでおる。ワシらは、もののけやらに対する能力はもっておっても、対人間の術が不足しておるのも事実じゃろ？」

「まあ、そうだな。相手は市から政治的なバックアップを受けている業者で、こちらはといえば——」

「小学校の校長先生に、酒屋の社長さん、お寺のお坊《ぼう》さん、そして、影《かげ》から光在《あ》る処《ところ》に出れば、ただの善良な一般市民だもんねぇ。僕《ぼく》らは、それなりの地位があるとしても、やっぱり政治に口を挟《はさ》めるほど、大きくもないよ」

「まあおまえは、けっこう力あるけどな」

「あはは、そうだっけ。でもやれることは限られちゃうよ」

「まったく……だからといって、若い連中の強硬《きょうこう》な意見にこれ以上、耳を貸さずにやりすごすことも続けられんだろう……」

「ワシら、年寄りの出番はもう、とうに終わっとるのかもしれんのぅ………」

三人は、うなだれるようにうつむいた。

闇《やみ》が濃《こ》く、月は厚い雲に隠《かく》されてしまっている。

そんな夜だった。


夜になると、やはりあの鐘《かね》の音《ね》が聴《き》こえてきて、それはやがて頭痛へと変わる。

冷たすぎる寒さが痛さに感じるように。

眠《ねむ》れずに、ふとんの中でジェットは膝《ひざ》を抱《かか》えるようにうずくまった。

次第《しだい》に吐《は》き気《け》までこみ上げてきた。

どうしたんだろう、ぼく。

なんかの悪い病気かな。

風邪《かぜ》じゃないのかな？

どうなってるんだろう。

ぼくの身体《からだ》——

奥《おく》の方から、なにかが衝動《しょうどう》的に突《つ》き上げているようだ。

この身体《からだ》を突《つ》き破ろうとしているかのように。
眠《ねむ》れずに、少年は心を小さくする。
不安がふくらんで、この身体を支配する。
突き破るつもり？
なに？
ぼくは、どうなるの？
なにがどうなってるの――？
今、じーちゃんも、テルミンも、いっしょにここにいない。
すれ違《ちが》うコトばかり。
想《おも》いも言葉もすれ違って。
夜中に、こうやってひとりでいると、世界でたったひとり取り残された気分になる。
広い広い宇宙で、ひとりっきり。
浮《う》かんで漂《ただよ》ってさまよって、永遠に堕《お》ちていく。
上も下も右も左も、なにもない。
なにも見えない。
なんだよ。じーちゃん、結局、ワガママじゃないか。
いなくていいときにいて。

いてほしいときにいないんだ。
——堕ちる感覚。
——突き上げる衝動《しょうどう》。
——孤独《こどく》。
それなら、最初からいなくてよかったんだ……。
こんなに苦しいなら。
この苦しみから逃《のが》れたい。
少しでも楽になりたい。
誰《だれ》か……。
助けて。

——ならば、忘れるがいい。

声が聞こえた。
闇《やみ》の中から、無数の手が伸《の》びてきてそれが少年を包んだ。
その手のひとつひとつが声になる。
少年の心をむしり取って、そこにできた穴に入り込《こ》む。

忘れる？
『失《な》くせばいい』
失くす？
『消せばいい』
消す？
『すぐ、どうでもよくなる』
声が聞こえるたび、少年の心がむしり取られていく。
どんどん心は小さくなっていく。

『我に、〝力〟を——』

すべては、〝負〟に向かっていく。
すべてが、〝負〟に呼ばれ、引かれていく。
すべてを導いてく。
終わりの方へ。
宇宙の其処《そこ》、渦《うず》を巻くモノ。

堕《お》ちていく。
吸い込《こ》まれていく。

少年は独《ひと》り、堕《お》ちていく。

♪

目覚め。静寂《せいじゃく》の裏っかわ。
記憶《きおく》のずっとかなた。
浅い眠《ねむ》り。
朝、目覚める瞬間《しゅんかん》。
何かを見た気がした。
何かが変わった気がした。
何かが、生まれた気がした。
黒くて、堕ちてゆくモノ。
真っ黒くて、それは——闇《やみ》だった。

ジェットは、気にならなかった。

朝、ふと目が開いて、いつもは枕《まくら》の傍《そば》にいるはずのテルミンがいない。

あいかわらず眠いままだけれど、それもどうでもいい。

吐《は》き気《け》を覚えたあの身体《からだ》を突《つ》き破るような衝動《しょうどう》も、まるで心地《ここち》いい。

なんだろう。

まあ、いいや。

こんなに気分が悪いのに、それが妙《みよう》にしっくりときている。

「ハハハハ」

ひとり、薄《うす》く笑った。

窓の外では、灰色の雲が渦《うず》を巻いて、やがて雪が降ることを予感させた。

学校へ行くその出がけに、これから眠りに入るのだろう正宗《まさむね》に声をかけられた。

「ジェット？」

「なに？」

靴《くつ》を履《は》き、爪先《つまさき》でとんとんと地面を蹴《け》って踵《かかと》を入れた。振《ふ》り返る。

「顔色悪そうだけど、大丈夫《だいじょうぶ》か？」

自分の方が、徹夜《てつや》仕事のせいでやつれているクセにそんなことを訊《き》く。

「うん、大丈夫《だいじょうぶ》だよ。それよりも父《とう》さんの方は大丈夫なの？」

ジェットは、にこやかに笑った。

「……。あ、俺《おれ》か？　あ、いつもどおりさ」

正宗《まさむね》は、ぽりぽりとタオルが巻かれた頭をかいた。

いつも通り。そう。いつも通りなのに、何か違和感《いわかん》を感じた。

しかしその違和感がなんなのかをつかむまえに、

「じゃあ、ぼく、行くね」

ジェットは家を出ていった。

「……ああ、いってらっしゃい……」

正宗がそう返したのは、ジェットが玄関《げんかん》を出てから、しばらくしたあとだった。

ジェットが家を出たのは、いつもより少し早かった。

けれど、集団登校の集合場所にはもうすでにひとり、美雨《みう》がいた。

「おはよっ」

美雨が言うと、ジェットも、

「おはよ」

と返した。

が、美雨の心の中には、小さな『?』が浮《う》かんだ。

なんだかちょっと……。

「ジェットちゃん、身体《からだ》だいじょうぶ?」

「ああ、うん。だいじょうぶ」

普通《ふつう》に、ジェットは返事をした。

でも、

——やっぱり。

美雨には、直感のようなモノが働いていた。

なにか変だ。

いつもなら、美雨が話しかけるとキョロキョロと周りに誰《だれ》もいないか思わず見てしまうのに。

ジェットは今、ただ平然とそこに立っている。けれど、まるで陽炎《かげろう》のように不確かだ。

いつもとなにも変わらないようで、微妙《びみょう》に少しずつ違《ちが》う。

ともすれば見落としてしまうだろう。

でも美雨は違う。

ずっとジェットを見てきた。ずっと彼《かれ》だけを見てた。

だから、判《わか》るんだ。

こんな状態のジェットを見て、月兎《げっと》おじーちゃんはなにも感じなかったのだろうか、と。

「ジェットちゃん。月兎《げっと》おじーちゃん元気？　このところ逢《あ》ってないし」

言って美雨《みう》は自分で、しらじらしいなぁ、とへこみそうになった。

月兎とは、この前逢ったばかりじゃないか。劇の練習をしているときは、わりとうまくやれてると思うんだけど……。あれは科白《せりふ》も決まっているし、やはり何度も繰《く》り返し練習できるけど、今はそんな余裕《よゆう》もなければ、とっさに科白を作って口にしなくちゃいけない。ちょっぴり演技も加えて。

「元気だと思うよ。今日も朝帰りだったみたいだし。ほんとなにやってんだか。あ、そういえば、ここ何日かあんまり逢ってないような……。ま、いいか」

ジェットは、笑った。

うっすらと口元に笑《え》みを浮《う》かべるだけだったが、それは美雨の知るジェットとは決定的に違《ちが》うモノだった。

きっと、いつものジェットならそんな風《ふう》に言わない。

月兎のことを「ま、いいか」なんて言わない。

それなのに、
どうしちゃったんだろ、ジェットちゃん……。

学校に行っても、ジェットは普段《ふだん》と変わらず、あいかわらず友達たちとわいわい話をしていた。何にも変わらない。

今朝、あれほど強く持った〝違和感《いわかん》〟も今は薄《うす》れている。取り越《とこ》し苦労というやつだったんだろうか。

美雨は、自分の席に座《すわ》り、教室の一部に固まる男子たちの中で笑っているジェットを見つめていた。

すると、

「さっきからなにじーっと見つめちゃってんの〜〜？」

きゃっきゃきゃっきゃと数人の女子が美雨に群がってきた。

「はあ〜〜、いいなぁ。美雨には、ジェットくんがいてぇ〜〜」

「なに言ってんの。そんなんじゃないってば」

毎度繰り返されるやりとり。

美雨は、別にそう言われて嫌《いや》じゃない。

けど、ジェットちゃんはきっと嫌がるだろうな。こんなこと言われると。

からかわれて、真っ赤《まか》になって戸惑《とまど》うジェットを思い出すとなんだか微笑《ほほえ》ましくなる。

わたしは、べつにいいんだ。

近くにいられたら。傍《そば》にいられたらそれでいいの。

自然と美雨の視線はジェットに向けられる。

それに彼女《かのじょ》を囲っていた女子たちがめざとく反応した。
「って言いつつ、ジェットくんのこと見てるし」
みんな、美雨《みう》の視線をたどってジェットに向いた。
今度それに反応したのが、ジェットがいる男子のグループ。
おい、見てるぞ。
手でも振《ふ》ってやれよ、ジェットぉ。
とふざけて男子たちが交互《こうご》にジェットを肘《ひじ》や手で小突《こづ》く。
ジェットは、「やめてよぉ」とか言って、いつものように恥《は》ずかしそうに照れている。
やっぱり、いつものジェットちゃんだと美雨はなんだかほっとした。
気のせいだったんだ。よかった。
そう思った瞬間《しゅんかん》だった。
ジェットが、男子に小突かれながら、こちらを少しだけ見た。
ほんの一瞬《いっしゅん》だった。
照れながら、苦笑いを浮《う》かべた。
たったそれだけだった。
なのに——
「…………………………ッ!?」

驚《おどろ》いた。ドキリとして心臓が止まってしまうかと本当に思った。

美雨は、知らず知らずのうちに胸に手を当てて、苦しくなった呼吸を何とか整えようとする。

今……、今……——

ジェットは、まったく笑っていなかった。

いや、表情はいつもみたくはにかみながら、みんなに笑顔《えがお》を見せた。

けれど、その目は、目だけが少しも笑ってなかった。

そんな……っ!?

美雨は自分の目を疑いたかった。あれがジェットだなんて。

自分がどんなにつらくたって、しっかりと前を見ていた瞳《ひとみ》。

ふたりで作った秘密基地《ひみつきち》がなくなって、自分も泣きたいクセにやせがまんで、涙《なみだ》をいっぱいためていた瞳。

どれもこれも、あたたかくてやさしかった。

なのに、今、美雨が見た、見てしまったジェットの瞳は、とてもとても冷たい感触《かんしょく》をしていた。

そうなんだ。今朝《けさ》ジェットに対して抱《いだ》いた違和感《いわかん》の正体はこれだったんだ！

ジェットの態度も話す声にも何も変わったところはなかった。

だけど、違《ちが》ったんだ。

本来のジェットには、常にあたたかさがあった。

何をするにも、いちいち真面目《まじめ》で、本気で笑っていて、本気で泣いた。

愛想《あいそ》笑いが苦手で、嘘《うそ》を付くのがヘタ。

それはぜったい、あたたかさがあるから。全部が全部あったかくて、美雨《みう》はいつもいっしょにいるだけでしあわせな気分になれる。

あの日つないだ手も、にぎった指先も、今、遠く遠くに離《はな》れていくような気がした。

怖《こわ》くなる。

そこにいるのに、ジェットちゃんは、そこにいるのに。

いない。

そこにあるのは、冷たい感触《かんしょく》だけ。

Never Mind the Insomnia (boys don't cry) - fin.

第四幕　シルバーシーツ革命。

track.04: Scarlet Riot

——冬の道、帰り道。キミと手をつないだ、帰り道。

♪


宇宙の底。それらイメージ。

真っ黒いおびただしい数の蠢《うごめ》く手。

身体《からだ》を蝕《むしば》むように、絡《から》み付く。

その身体。欲《ほっ》する。

しかし、手は〝ソレ〟に触《ふ》れてしまった。

その身体の奥《おく》にある、得体《えたい》の知れぬ、恐怖《きょうふ》に似たモノ。

光であって、光ではなく。

闇《やみ》であって、闇ではない。

手は、再び渦巻《うずま》く黒の中に戻《もど》ることを余儀《よぎ》なくされた。


「——ぬわんじゃ⁉」

陽《ひ》が沈《しず》みかけた午後四時。月兎《げっと》は、深い眠《ねむ》りから強制的に跳《は》ね起きた。

まるで身体中を蛇《へび》にでも這《は》い廻《まわ》られたような、ぬるりとした冷たい感触《かんしょく》が残っている。

部屋の柱に取り付けられた古い時計が、カチコチ、カチコチと時を刻む。

「どわぅ！　ね、ね、寝過《ねす》ぎたのじゃ!!」

昨日《きのう》、というか今日、帰りはすでに朝だった。

ジェットが起きる少し前に帰宅し、そのまま泥《どろ》のように今の今まで眠ってしまっていた。

「疲《つか》れておるワケでもあるまいし……はっはーん。ただの寝過ぎじゃな、こりゃっ！」

もっともなことを大声で言うと、すっきりしたのか。月兎は、畳《たたみ》のうえに敷《し》かれたふとんのうえで腕組《うでぐ》みでうなった。

「……しかし、今のは……」

夢なのか、幻《まぼろし》なのか、それとも。

だが、もののけの類《たぐい》の気配をまったく感じない。

あるのは、何かが這ったような冷たい感触だけだった。

「どうゆうことじゃ……」

そこにあるようで、そこにはない。

つかめるようで、手を伸《の》ばしてもやはりそこにはなにもない。

残っているのは、不揃《ふぞろ》いな映像の断片《だんぺん》だけで。

誰《だれ》かの見た夢が、頭の中に紛《まぎ》れ込《こ》んできたみたいだった。

「うーむ……て。おまえいつからワシの頭にぶらさがっとる……」

月兎は、ようやく気付いた。

さっきからずーっと、テルミンが月兎《げっと》の髪《かみ》の毛をつかんだままぶら下がっている。しかも、気持ちよさそうに眠《ねむ》ったままだ。

「まったく、この寝《ね》ぼすけめがっ」

言って、月兎はむにゅっと生暖かいテルミンをひっつかんだ。するりと髪の毛からテルミンが剝《は》がれる。

と、

「――あのぅ、お義父《とう》さん。起きてらっしゃいます？」

障子《しょうじ》の向こうから、正宗《まさむね》の声がした。

「おぅ、どした？」

言うと、障子がゆっくり開いて、ひょっこりと正宗が顔を覗《のぞ》かせた。

「いいですか、ちょっと……」

なんだか遠慮《えんりょ》がちに正宗が部屋の中に入ってくるので、

「どうしたんじゃ、そんな改まって……もしや、ストレスがたまってコンビニでつい欲《ほ》しくもないえっちぃ本を万引きったらそれを店員のヤングメンに見付かって黙《だま》っててやるから金をよこせと脅《おど》されているのを苦にそいつを殺《や》っちまったもんでこれ以上家族には迷惑《めいわく》をかけられんと自殺でも考えとるんじゃあるまいの!? そんなことくらい言えばいいんじゃや！ そんなことがおまえにあったなんて、すまん！ ワシはぁ〜っ」

「ちょ、ちょっと、お義父さん！　そんなことあるワケないじゃないですかっ」

「じゃあなんじゃい！　えっちぃ本じゃないんか⁉」

「そこじゃなくて！　てか、なんで怒《おこ》ってるんですかぁ」

「怒っとらんわぃ！」

と言いつつ、しかめっつらの月兎。

ほんとまんがみたいなひとだなぁと職業柄《しょくぎょうがら》、ある意味少し感動しつつ、膝《ひざ》を折り正座すると、正宗は本題を切り出した。

「あのですね……。その……、いち父親としては言いにくいんですけど……、ジェットのことで……」

「ジェット？」

この単語だけで、月兎の機嫌《きげん》が瞬時《しゅんじ》に直った。

やっぱ、この義父《ひと》と喋《しゃべ》ってると飽《あ》きないなーなどと思う正宗。

「ジェットがなんじゃ？　どうした？　早《はよ》うゆえっ」

そわそわとする月兎。ジェットのことになると普段《ふだん》から高いテンションが倍以上に跳《は》ね上がる。

「こういうことは、やはり、父親としては、誰《だれ》かに相談するのもなんなんですけど。でも、こういうこと訊《き》けるのは、お義父さんか珠生《たまき》くらいで……」

「って、もう、おまえは前置きが長いんじゃよぉ。ゆえゆえっ！　さっさとゆってしまえ！」

月兎《げつと》が脳天気だとすれば、正宗《まさむね》は、のんびり。口下《くちべ》手《た》なのもあいまって、話はぐだぐだになることが多い。月兎もそれを知っているので、せかすように言った。

「あ、はい、すいません。えーっとですね。ジェットの様子なんですが、どう思いました？」

「……んは？」

「『んは』ですか？」

謎《なぞ》の擬《ぎ》音《おん》に首を傾《かし》げる正宗だが、そのとき——室内に携帯《けいたい》電話の着信メロディが大きく鳴り響《ひび》いた。

「うゃー、ちょっと、すまんっ」

月兎は咄嗟《とっさ》に反応して、枕元《まくらもと》に無造作《むぞうさ》に放《ほう》られていた携帯をむにっとつかんだ。

「……むにっ？」

携帯かと思った白い物体Xは、携帯を抱《だ》くようにまだ眠《ねむ》りこけるテルミンだった。

着信音が大きく鳴っているが、テルミンはぐうぐう寝息《ねいき》を立てる。

「ちょぇい！」

テルミンを携帯から剥《は》がすと、ぽいと、畳《たたみ》のうえに転がした。

まん丸のテルミンは、ころころと畳のうえを転がって、正宗の膝《ひざ》にぶつかった。

正宗は、テルミンを指でぐりぐりといじり廻《まわ》す。が、やっぱり起きず。

「もっしんぐ！　誰《だれ》じゃ！」

なんという電話の受け方なんだろうかと、正宗は苦笑いで月兎に目を向けた。

「おう、高嵜《たかさき》か。なんじゃ、どうした？」

受話口の向こうから焦《あせ》ったような声が、漏《も》れ聞こえた。すると、急激に月兎の表情が変わった。

「それで、何故《なぜ》、今の今まで誰も気付かなんだ？　ぬ、盗《ぬす》まれてたぁ？　数日前？　そりゃ、あれか、封印《ふういん》しとった法具《ほうぐ》か？　ぬゎんてこっちゃじゃぃ！　で、盗んだやつは？　工事関係者とな？　ぬーっ、やつらめ！　ちゅうか、法具も法具じゃろぃ。あんな派手《はで》なナリしとるから、素人目《しろうとめ》に高価《たか》そうに見えるんじゃ。しかもたいした警備《けいび》もしとらんトコにぽいと置かれとったら、盗みもしたくなるのが人情ってもんじゃろう!?」

　いやいやいやいやいや。盗みたくなるのは人情じゃないでしょうよ。とか、正宗は、大声で話すので嫌《いや》でも聞こえる月兎の声に心ツッコミを入れつつ、テルミンをいじいじする。

「迂闊《うかつ》じゃった……。まずいことになったのぅ……。それで、〝ヤツ〟は何処《どこ》へ。……行方《ゆくえ》しれずか……。判《わか》った。ワシもすぐゆく。集合かけとけ！」

　それで月兎は、電話を切った。

　口惜《くや》しそうに下唇《くちびる》を咬《か》んで、折りたたんだ携帯を強く握《にぎ》りしめる。

「すまん。ちょっくら――」

「あ、はい。大丈夫《だいじょうぶ》ですよ。〝お仕事〟でしょう？」

申し訳なさそうに正宗《まさむね》に向いた月兎《げっと》に、判《わか》っていますと小さくうなずいた。

「ほんとにすまんな、帰り次第《しだい》話の続きを聞くからのっ。すまん！」

言うやいなや、月兎は着替《きが》えもそこそこに、部屋の隅《すみ》に置かれたギターの入ったＧＩＧ《ギグ》バッグとヘルメットをひっつかんで部屋を飛び出していった。

コチコチ、コチコチと時計の針が、時を刻む音がやけに大きく聞こえた。

テルミンの喉《のど》をくすぐると、ごろごろと啼《な》いた。

「……猫？」


♪


雪が降って、やがて街を白く染めた。

劇の練習が終わると、もう外は真っ暗だった。

美雨《みう》は、教室の中で、練習の片付けをわいわいとやっている生徒たちの中に、ジェットの姿を捜《さが》した。

しかし——

「いない……っ」

美雨は、慌《あわ》てて自分の荷物をまとめると、「ごめん。用事があるんだ。あとお願いね」とか近くにいた友達に言うと、教室を出た。

一日中、ジェットを見ていたが、あれは、ジェットでありながらジェットではなかった。

何度か話しかけようとしたが、美雨は、怖《こわ》かった。

また、あんな冷たい目で見られたらどうしよう。

そう思うと、ジェットの近くに行くのが精一杯《せいいっぱい》で、声すらかけられなかった。

わたしは、彼《かれ》の傍《そば》にいられなくなるかもしれない。

何故《なぜ》かそんなことが頭をよぎった。

でも、今は、追いかけなきゃ。

ジェットちゃんの傍に行かなきゃ。

外に出ると積もった雪が数センチになろうとしていた。その中を、美雨は走った。

彼女《かのじょ》の〝力〟なら、すぐにジェットに追い付く。

そして、

「いた……っ!」

間《ま》もなく、ジェットの後ろ姿を視界に捉《とら》えた。

住宅街。狭《せま》い路地。いつもの帰り道だ。

傘《かさ》も差さずに、降り積もったばかりの雪に足跡《あしあと》を残している。

見慣れた背中が、別の誰《だれ》かのような気がして、すごく怖《こわ》かった。

「ジェットちゃんっ！」

としかしなかば反射的に名前を呼んでいた。

そして、願わくは、彼《かれ》が振《ふ》り返ったときいつもの彼でありますようにと。

「…………」

ゆっくり立ち止まり、くるりとこっちに身体《からだ》を向けた。

ビクッ、と美雨《みう》の身体が小さく震《ふる》える。

とてもおだやかに笑うジェット。

「どうしたの？　そんなに急いでさ」

でも、その目が冷たいまま……。

「ジェットちゃん……」

もう一度名前を呼ぶ。

雨の日。

傘《かさ》。

つないだ手。

ワンピース。

どうしたの？　なにがあったの？

「なんで、そんな顔するの？　悲しいことでもあった？」

ジェットが訊《き》いた。

いつもいつも自分よりも他人《ひと》が先で、こうやって誰かのことを考えてる。

なのに、その声が、今はなにも響《ひび》かない。

彼女《かのじょ》は、はじめて戦ったあの日のように、意を決した。

でも、きっとあのときよりももっと勇気を必要としたかもしれない。

もしか、好きなひとに嫌《きら》われるかもしれないんだから。

それでもいい。

いつものジェットちゃんに戻《もど》ってくれればそれでいい。

「ジェットちゃん、どうしちゃったの――――？」

「どうって？　どうもしないよ。それより、ミーちゃんこそどうしたの」

違《ちが》うっ！

こんなのジェットちゃんじゃないよ。

だって、ぜんぜんうれしくない。『ミーちゃん』て呼んでくれたのに、ぜんぜんドキドキしないよ。

「……なにがあったのか判《わか》んないけど……けど、変だよ……こんなの変だよ」

泣きそうになる。でもここでくじけちゃダメなんだ。もっと、深く――

「変？　なにが？　どうして？　なんで変なの？　ぼくが？　変なのは、ミーちゃんの方だよ。ぼくはおかしくないよ」

「ジェットちゃん――ッッッ‼」

悲鳴のように叫《さけ》んでいた。

だが、その瞬間《しゅんかん》、ハッとなった。

「………っ⁉」

ジェットを中心とした半径二メートルほどの景色《けしき》が、グラリと歪《ひず》んだからだ。

「……うるさいんだよ……」

ジェットの声で、でもまったくの別人のようなその声で、彼《かれ》は言った。

「なにが変なんだよ。おかしいのはみんなだよ。じーちゃんも、ミーちゃんも、母《かあ》さんも、父《とう》さんも、テルミンも……みんなみんなおかしいんだ……っ」

かみ殺した声が呻《うめ》くように聞こえた。

「――ッ！」

思わず美雨《みう》は、身構えていた。

真っ黒い波動《はどう》が、ジェットから漏《も》れ出ている。

「………妖気《ようき》……っ？」

それは、ジェットが持つはずもない、もののけが放つ気配。

「まさか――!?」
だが、美雨は、瞬時《しゅんじ》に気配の因《もと》を辿《たど》り、ジェットの中に潜《ひそ》む〝影《かげ》〟に気が付いた。
汚《け》れ《が》の黒が、心の底に巣くって貼《は》り付いてる!
――なら、わたしがやれる。
わたしが、ジェットちゃんを助けてあげられるかもしれない。
この〝力〟は、そのためにあるんだから。
彼を護《まも》るために。
すばやく美雨は、周囲の状 況《じょうきょう》を確認《かくにん》した。
誰《だれ》もいない。
それにここは、自分たち〝能力者〟のテリトリーだ。
『仕掛《しか》け』もある。
やるしかない!
美雨は、その場から跳躍《ちょうやく》し、ジェットとの距離《きょり》を取る。
その刹那《せつな》、
「――――なッ!?」
ジェットがかざした手のひらから、強い波動が発せられた。
雪のうえを転がり美雨は逃《のが》れる。

「〝力〟を……使ったっ!?」

まずい。

おそらくジェットを操《あやつ》るモノが身体《からだ》を支配しているんだろう。

それも訓練も何もしていないジェットの中に眠《ねむ》る〝力〟を覚醒《かくせい》させるほどに。

「そこまで、心が……」

くっ。と彼女《かのじょ》は唇《くちびる》を咬《か》む。

手加減などしていられない。油断すれば、こちらがやられてしまう。

ジェットを助けられなくなる。

「ごめんね。ジェットちゃん、本気で——いくからっっ!」

雪で足を取られることなく、美雨《みう》は瞬時《しゅんじ》にジェットとの距離《きょり》を詰《つ》め懐《ふところ》に入った。

よしっ!

そして、間髪《かんぱつ》入れず、ジェットのみぞおち目がけて正拳《せいけん》で一撃《いちげき》を放つ。

気絶させようとしたが、甘《あま》かった。

すっと出されたジェットの手に弾《はじ》かれる。

「ハアッ!」

二撃目、上段に廻《まわ》し蹴《げ》りを繰《く》り出すが、これもヒラリとかわされた。

反撃《はんげき》がきた。

かざした手からの衝撃波《しょうげきは》。

かわしきれず防御《ぼうぎょ》の姿勢を取るが、勢いに負けはじき飛ばされる。

「く……っ！」

雪が衝撃を吸収してくれた。すぐ体勢を立て直し、ジェットと対峙《たいじ》する。

……ダメだ。

本気で行くと気持ちを切り替《か》えたはずなのに。

何処《どこ》かで、ジェットの姿に、最後の最後で力が抜《ぬ》けてしまう。

こんなことじゃ、助けられない。判《わか》っているけど。

「ハアアアッ！」

彼女は、拳《こぶし》から〝力〟を放つ。

撃《う》ち出された光弾《こうだん》が、ジェットをとらえる。しかし、手のひらをかざしジェットは衝撃波で光弾を撃ち払《はら》った。

けど、それは最初から読んでいた。フェイクだ。

美雨は、一瞬《いっしゅん》の間にジェットの真横にある電信柱に手を触《ふ》れると、それに〝力〟を込《こ》める。

そして、切り返したジェットの拳を、払いのけると、今度は道を挟《はさ》んで真逆《まぎゃく》の電信柱に向かって、飛んだ。

触れる。こちら側にも〝力〟を込める。

するとあらかじめ施《ほどこ》されていた——術《トラップ》が発動した。

両側の電信柱に無数の文字が浮《う》かび上がる。それは、空中に伸《の》びるとロープのようにジェットに巻き付いた。

「……よしっ！」

美雨《みう》は、指で印《いん》を結び術を完成させようとする。

と——

「なんでこんなことするの？　ミーちゃん？」

悲しそうにジェットが言う。

違《ちが》う。ジェットちゃんじゃない。そう思ってみても、ジェットの姿で、ジェットの声でそんな科白《せりふ》を聞かされると、つらくなる。心が折れそうになる。

美雨は、印を結びながら真《ま》っ直《す》ぐジェットを見つめる。

「ジェットちゃん、お願い。元に戻《もど》って……」

悲痛な叫《さけ》び。

だが、届かない。

「なんで？　ぼくは悪くないよ？　悪いのはみんなでしょ？　だって、ぼくを困らせるから。ミーちゃんさ、ぼくに話しかけないでよ。ぼくの傍《そば》に近寄らないでよ。——嫌《きら》いなんだ」

その瞬間《しゅんかん》、美雨の心臓は鋭《するど》いナイフでえぐられたような衝撃《しょうげき》を覚えた。

息もできず、こらえることができなくなった涙《なみだ》が大量に溢《あふ》れた。

美雨《みう》の心に反応して、術が弱まる。

心が……、折れる。

効力を失った術から解放されたジェットが、膝《ひざ》から崩《くず》れ落ちるように雪にへたり込《こ》んでうなだれる美雨に、近付いていく。

「……ジェットちゃん……」

弱々しく美雨が名前を呼ぶ。

「バーカ」

としかし、ジェットは言って、美雨に手のひらをかざした。

ぶろろろー、という原付《ズーマー》の音が、近くに聞こえた。


♪


「ジェットっっ！　ミウミウっっ！」

月兎《げっと》のズーマーが雪道をものともせず、かつ法定速度もものともせず、突《つ》っ込んでくる。

ずざざざざざーっ、と雪を押《お》しのけて、ズーマーは停車した。

「な、な、な、な、な、な、なにしとるんじゃ、ジェットっっ!?」

ヘルメットのバイザーを上げ、月兎はごしごしと自分の目をぬぐった。

でも、目の前の情景《じょうけい》は変わらないので、もう一回ごしごしやってみた。

「ぬ、ぬ、ぬ、ぬ、ぬ、ぬ、ぬ、ぬわにしとるんぢゃ、ジエエットぉ〜っ!?」

二回言ってみた。

しかしながら、なんにも変わらなかった。

ジェットが、座《すわ》り込んだ美雨に一撃《いちげき》を浴びせようとしている。

「いや、ちょいと待てジェット。いくらミウミウがじーちゃんのライバルだからって、じーちゃんの方が好ーきーだからって、じーちゃんの愛の方がびんびんぎゃんぎゃんじゃからって、いくら、じーちゃんの方が好ーきーだからって、なにもそこまですることはないじゃろ。あ！　そ、そうか、ジェットはS《スウイート》でM《マイルド》のひとなんか!?　よ、よーし、それならじーちゃんにすれ！　だいじょぶじゃ！　じーちゃんならバッチコイじゃぞ。ワシのLOVEは海底二億マイケルじゃ！　女王さま気取りかっ!?」

ワケが判《わか》りません。

「うるさいなー、じーちゃん」

振《ふ》り向いたジェットは、月兎が愛してやまないジェットではなく違和感《いわかん》バリバリだった。

「なに――っ？」

愛故《ゆえ》か何故《なにゆえ》か、ジェットの異変を即座《そくざ》に察知した月兎《げっと》は、ジェットからまざまざと漏《も》れ漂《ただよ》ってくる妖気《ようき》にも反応した。

「ジェットちゃんの中に……――〝何〟かがいるんですっ」

うなだれていた美雨《みう》が声を振《ふ》り絞《しぼ》り言った。

「何処《どこ》のドイツかオランダか知らんが、ジェットになにをしおったっ！」

月兎は背中のGIG《ギグ》バッグに手をかけた。と、

「うるさいっていってるでしょ？　だから、やなんだよ。じーちゃんは」

「う、うきゃー？」

「いっつもいっつもわーわーぎゃーぎゃー騒《さわ》いでさー。ぼくが宿題のドリルやってるときも、ご飯を食べてるときも、うるさいったらないよ」

「じぇ、ジェット……？」

やはり月兎も、ジェットの姿と声に戸惑《とまど》いを隠《かく》せない。

「迷惑《めいわく》なんだよ。はっきりいって。じーちゃんさぁ、さっさと――死んじゃってよ」

「う……きゃー…………………………………」

月兎は、膝《ひざ》から崩《くず》れ落ちると、ひとりでバックドロップするようにもんどり打った。GIG《ギグ》バッグが雪に突《つ》き刺《さ》さり、はいっ、ブリッジの完成です。

フフッ。ジェットが、いや、少年の中の〝何〟かが笑った。あざけるように。

だが、その瞬間《しゅんかん》、月兎の身体《からだ》が小刻みに震《ふる》えはじめた。

「ふっふっふっふっふっふぁっふぁっっっっっっっっっぁぁぁぁぁぁぁ〜〜〜〜〜」

狂《くる》ったように笑い出す。

ブリッジしたまま。

これにはジェットも、美雨も眉《まゆ》をひそめた。

「なんとでもいうがいいぞっ……」

ぐ〜〜〜っ、と足は地面に着いたまま、ブリッジした身体は反《そ》り返り、月兎が立ち上がる。

なんだかホラー映画で、やっつけてもやっつけても起きあがってくる怪人《かいじん》のよう。

「ワシは、なんと言われようが気にせんぞ！　ジェットがワシを嫌《きら》っても、その嫌いよりも三兆倍愛しとるからじゃぁぁぁあっ！　愛があればすべてよし！　ライフ・イズ・ビューティフォー・アンド・ワンダフォーじゃぁぁぁぁぁぁぁぁぁぁぁぁぁぁぁぁぁぁぁぁあっっ!!」

もう渾身《こんしん》の力をもってして叫《さけ》ぶ。

でも、かなり涙目《なみだめ》。

気にしないと言いながら、あからさまに気にしてる。

「ふふふふぁふぁあうあうぁぁぁあっ！　じーちゃんを嫌いと言う子には、お仕置《しお》きじゃ！」

そして、さっきと言っていることが違《ちが》う。

「ふがぁぁぁぁぁぁぁあっ！」

月兎《げっと》は、GIG《ギグ》バッグから、ギターを引き抜《ぬ》いた。

「じ、じーちゃん？　なに、それ……じょ、冗談《じょうだん》だよ？」

狼狽《うろた》えるジェット。

「冗談でも許しまへーん。何故《なぜ》なら、あい・あむ・ちゃむぴおんなの！　じゃからッッ！」

もう完全にワケが判《わか》らない。

しかし、月兎は本気らしく。ギターを上段に構え〝力〟を込《こ》めた。

V字型のギターは、まばゆい光を発し、振《ふ》り下ろされる。

「必殺、ノーザンホースパぁぁぁぁぁぁぁぁ〜〜〜〜〜〜〜〜っっク！（直訳〝北の馬公園〟）」

「――っ！」

月兎が雄叫《おたけ》んだ瞬間《しゅんかん》、がくっとジェットの全身から力が抜けた。そして、ジェットの心に巣くっていた〝何〟かが姿を現した。

月兎のギターは、ジェットに当たる寸前に軌道《きどう》を変え、地面を叩《たた》いていた。

「あたたたたたたたっ、し、痺《しび》れるわーっ！」

地面を叩いた衝撃《しょうげき》がギターを伝わり身体《からだ》を抜けていく。

月兎は、そいつを鋭《するど》い眼光で睨《にら》んだ。

「阿呆《あほ》がっ、ワシがジェットを傷付けるような真似《まね》をするかっちゅうのっ！」

倒《たお》れたジェットの身体から冬虫夏草《とうちゅうかそう》のように黒いもやもやとした実体不足のそいつが揺《ゆ》らめく。その姿は、戦国時代の武者《むしゃ》を思わせた。

『くくくくくっ』

武者は薄《うす》く笑った。

「貴様《きさま》か、——蛇鬼丸《じゃきまる》っ！　この落ち武者野郎めッ！　さっさとジェットから離《はな》れろっ」

月兎は、ギターを武者に向ける。

『まあよい。この子供の〝力〟も〝負〟も頂いたからな。もう用はない』

「じゃったら、またワシに封印《ふういん》されるんじゃな!!」

一閃《いっせん》。ギターを薙《な》ぐ。しかし、すーぅ、と溶《と》けるように蛇鬼丸の姿は消え失《う》せた。

『久しぶりのこの世だ。楽しませてもらおう………』

声だけがそこに鳴った。

気配は完全になくなっていた。

「ジェット！　ミウミウ！　大丈夫《だいじょうぶ》かっ？」

ギターをしまうと月兎は、ジェットと美雨《みう》のところへ駆《か》け寄った。

「わたしは、だいじょうぶですっ。それより、ジェットちゃんは!?」

美雨は身体に外傷はなかったが、おそらくジェットに言われたことのダメージの方が大きい。

「判らん。くっ、ジェット！　ジェット！」

呼びかけても、揺《ゆ》すっても、反応がない。

凍《こお》り付いたように、動かなかった。

「なんてことじゃ……ワシがいながら……ワシが傍《そば》におったのに……」

この数日の自分を呪《のろ》い殺したくなった。

バンドやら、〝影《かげ》〟の仕事やら、忙《いそが》しさにかまけて、まともにジェットと顔をあわせることもできなかった。

封印《ふういん》を解かれた武者《むしゃ》がすぐ傍にきていたのに、さっき見た夢のようなイメージは、おそらくジェットが感じたモノだった。なのに、何にも気付かずに。

「ジェット！ ジェット！」

悲鳴のような声は、雪に吸《す》い込《こ》まれて、響《ひび》かなかった。

怖《こわ》くなって、美雨《みう》は、自分が泣いているのか、震《ふる》えているだけなのか、それすらも判《わか》らなくなっていた。


♪

遠くで声がする。

ジェットは、底のない宇宙を漂《ただよ》っていた。
真っ暗。
宇宙なのに、星の光も見えない。
浮《う》かぶ。
闇《やみ》の中に、堕《お》ちていく感覚。
ここが何処《どこ》だか判らなかったけれど、ふわふわとして気持ちがよかった。
もう、なんにもない。
忘れてしまったんだ。
きっと、もうすぐ自分がなんだったかすら忘れるんだ。
心のもやも、感情も、失《な》くしてしまった。
すっきりした。
あー、もういいや。
不思議だった。
——あんなにつらかったのに。
不思議だった。
——あんなに悲しかったのに。
ぼくは、なんて言ったんだっけ。

ぼくは、なにをしてたんだっけ。

ぼくは、何だった……。

堕《お》ちてゆく感覚。

遠くで声が聞こえる。

♪

夜の灯《あか》り。部屋の光。

暖かい熱風を吐《は》き出すストーブの火。

雛菊家《ひなぶきけ》。自分の部屋のベッドのうえ、ジェットは横たわっていた。

きちんと掛《か》けられたふとんの中、微《かす》かに呼吸する音がした。

何の表情もない顔を、泣きはらした目で美雨《みう》と、月兎《げっと》が覗《のぞ》き込《こ》んでいた。

「お〜ぃおぃおぃお〜ぃおぃおぃ……。ジェットぉ、起きとくれぇ……ジェットぉ、ゲラップ、ジェット、ゲラップっ」

さっきからずっとこの調子で、月兎は涙《なみだ》も鼻汁《はなじる》も垂《た》れ流しで泣きっぱなしだった。

美雨はといえば、もう涙をぬぐって、落ち着きを取り戻《もど》しているというのに。

あのあと、ジェットを家に連れ帰った月兎と美雨は、彼《かれ》が気を失っているだけで、ちゃんと呼吸もあることを確認《かくにん》した。外傷もない。

ただ、意識が戻る可能性があるのかも判《わか》らなかった。

武者《むしゃ》の姿をしたもののけに、ジェットは心を喰《く》われた。

心がなければ、それは人形にも等しい。

もしかすると、ジェットは心を全部失《な》くしたかもしれない。となると、意識が戻る可能性はおそらく――――ない。

考えるだけで、身体《からだ》が震《ふる》えてくる。美雨は、祈《いの》るようにジェットの冷たくなった手を握《にぎ》ったつもりが、

「お〜ぃお〜ぃおぃおぃおぃおぃ、ジェットぉぉぉ〜〜、じーちゃんじゃよぉぉぉ〜〜っ。ジェットの大好き極《きわ》まりないじーちゃんじゃよぉぉぉ〜〜っ！」

先に月兎に握られてた。

「…………」

ら、ライバル!?

「ち、ちくしょ〜〜〜っ！　あいつめぇ、あんの落ち武者野郎ぐぁあっ！　許さんぞ！　ぜったいに許してやらん！　ごっちょりごっちょりにしてやるわ！」

月兎《げつと》は怒《いか》りに震《ふる》えながらジェットのふとんに顔を埋《うず》めていた。そして強い、ある意味、恨《うら》み節を持って顔を上げた。鼻水がびろーんと伸《の》びているが。

するとと、

「わたしも連れていってください」

美雨《みう》が言った。

強い意志を込《こ》めて言うが、

「ダメじゃ」

としかし、月兎はあっさりに拒否《きよひ》した。

けれど、美雨もそれくらいで動じなかった。

気持ちは、月兎と同じだ。

でも、〝好き〟ならわたしも負けません。三兆倍でも負けません。

ぐっと握《にぎ》りしめた手に力がこもる。

「わたしも行きます！」

「ダメじゃ」

「わたしが子供だからですか？　弱いからですか？」

「両方っ」

そこまではっきり言われると逆にすがすがしい。

父親の厳しい稽古《けいこ》にも耐《た》えてきた。ひとりでも負けぬよう鍛《きた》えられてきた。でも、このひとからすれば、きっとまだまだなんだ。

だけど、

「月兎おじーちゃんは、御当主《ごとうしゅ》さまでもあるけど、やっぱりわたしにとっては、ジェットちゃんのおじーちゃんなんです。だから、わたしの気持ちも判《わか》ってくれると信じています」

「……うーん」

月兎の厳しかった表情が崩《くず》れた。

「そう言われると、つらいのぅ」

真《ま》っ直《す》ぐに美雨に向く。

「――落ち武者《むしゃ》野郎、蛇鬼丸《じゃきまる》は、四十年ほど前にワシが一度封印《ふういん》したもののけじゃ。いきなり出てきて暴れ廻《まわ》りよった。悪知恵が働いて、ひとの心の『隙間《すきま》』に潜《もぐ》り込む。たくさんの人間が犠牲《ぎせい》になったよ。それが、今回はジェットだった……。ジェットはあんな目に……。あの子はワシの血を受け継《つ》いでおる。だから、あいつに狙《ねら》われたんじゃろう。この落とし前はきっちりさせてもらわなくちゃならんのぅ」

きびしい表情がふっとやわらぐ月兎は、やさしげなまなざしで美雨を見た。

「今、ワシらの仲間が必死こいてヤツを捜《さが》してくれておる。もちろん、ミウミウも仲間じゃ。それにジェットの幼馴染《おさななじ》みじゃろぅ。ワシは、ミウミウを孫のように思うておる。本当に大切の思うとるんじゃぞ。じゃから、よけい戦いなんぞに出したくはない」

「ありがとうございます。でも、わたしも戦えます。この間みたいなことにはなりません。ジエットちゃんをこんな目にあわせたやつに、一発お見舞いしてやらなきゃ気がすみません！」

つい先日、彼女《かのじょ》ははじめての戦闘《せんとう》に出て、危険な目にあったばかりだ。

月兎《げっと》に助けられて、命拾いした。それでも行くと言う。

何かをせずにはいられないんだろう。

好きなひとが傷付けられて、怒《おこ》らないはずがない。

それは月兎も美雨《みう》もおんなじだ。月兎には、それをちゃんと判《わか》っている。

判ってはいるが、どうしても「判った」とはうなずけなかった。

まだこんな幼い子をみすみす危険な目にさらすようなことをさせられない。

「ミウミウも感じたと思う。あの落ち武者《むしゃ》野郎は、一筋縄《ひとすじなわ》でいく相手ではない。今も何処《どこ》かにおって何をしでかすか判らん。言ってしまえば、街中が危険にさらされてる状態じゃ……。それでもか？」

「はい。だいじょうぶです。これは自分で決めたことなんです。わたしが自分で決めたんです」

その言葉を聞いて、月兎はハッとなった。

そうだ。そうだった。この娘《こ》は、この子たちは、こんな歳《とし》でも自分で考え、決められる権利を持っている。自分で決められる意志を持っている。

「……よし、判った」

「月兎おじーちゃんっ！」

「じゃけどな、ワシから離《はな》れるなよ。それと危険を感じたらすぐにここに逃げてこい。ジェットを護《まも》ってやってくれ。それにジェットが目覚めて誰《だれ》もおらんかったら、さみしがるじゃろうしのぅ」

「はいっ！　もちろんです！　言われなくたってずっと傍《そば》にいます。ジェットちゃんはわたしが護ります！」

元気よく、彼女は返事をした。

月兎は、そっと美雨の頭を撫《な》でた。まあ、ワシの方がずっといっしょにおるけどのぅ。と付け加えて。いたずらっぽく微笑《ほほえ》んだ。

まーったく。最近の若いもんは……。

まあ、じゃけど。間違《まちが》っちゃおらんのかもな。

あの利《き》かん坊《ぼう》の娘《むすめ》とは思えんわい。

そんな皮肉めいたこととといっしょに美雨の父親の顔が浮《う》かぶ。

判っていたんだ。自分の娘を好き好《この》んで、危険にさらす親などいない。あの日、美雨がたったひとりで戦いに向かったとき、父親は誇《ほこ》らしくも、心配な気持ちでいっぱいだったんだろう。

だからこそ、自分の仕事を片付けて、すぐさま娘《むすめ》の元に向かったんだ。あんなに息を切らして。

判《わか》っているさ。

でも、

「あいつ、いちいち気にくわんのじゃ！」

犬猿《けんえん》の仲というヤツだった。

「……？」

さてそれが、自分の父親のこととは思わず、美雨《みう》はきょとんと月兎《げっと》を見上げた。

「ジェットは大丈夫《だいじょうぶ》じゃ。そんな弱い子じゃない。きっと目を覚ます」

確信めいて言う月兎は、涙《なみだ》鼻水たらしまくって泣いていたひととは思えなかった。

美雨は、二人乗り禁止の原付のうしろに乗って、しっかりと月兎にしがみつく。

「──わたし、ジェットちゃんに言われたんです。傍《そば》にいられると嫌《いや》なんだって」

「そ、それは、あれじゃろ。操《あやつ》られておったから……」

「はい。ですよね。……でも、ジェットちゃんに本当にそう思われても仕方ないって、そういう風《ふう》にも思うんです。けど、そう思ってもいいと思います。そんな風に、感じてあたりまえだと思います。だって、人間ですから。いいことも悪いこともあると思うんです。あ、ジェットちゃんのことだから、あんなこと本心じゃないって思いたいですけどね。だから、この傷付いちゃった気持ちの分も、あいつをブン殴《なぐ》ってやりますからっ」

「じゃ、じゃなっ！」

一瞬《いっしゅん》、焦《あせ》った。

月兎も「死んじゃって」とか言われた立場なので、本気で言われてたらどうしようかと、悲しみのフラッシュバック現象が起こりそうになった。

二人乗り（禁止）のズーマー（月兎仕様）は、雪の中をびくともせず突《つ》き進む。

夜が深まると、雪は近年まれに見る大降りになっていた。


♪

遠くで声がしている。


ジェットは、あの果てのない宇宙を漂《ただよ》っていた。

真っ暗で、何処《どこ》に自分の身体《からだ》があるのかさえ判らない。

光なんて、いらないのかも……。

堕《お》ちてゆく感覚は続く。

心に渦《うず》巻いていた気持ち。苛立《いらだ》ちや怒《いか》りや嫌《きら》いなこと。

忘れてしまった。
なんにも失《な》くなった。
すっきりしている。
この気持ちも忘れる。
だって、なんにもないんだから。

ぼくは、なんて言った？
ぼくは、なにをしてた？
ぼくは、何だった……？

あのとき、ぼくの中から、なにかが飛び出してきた。
闇《やみ》だった。
あれは、ぼくの闇。ぼくの中から生み出された、醜《みにく》い闇。
でも、暗闇は晴れた。吐《は》き出した。
違《ちが》うよ。ぼくを破って出てきたんだ。
ぼくは、自分の闇に殺された。
これで、よかったんだ。ぼくは、死んでしまった。それで、楽になった。

もう何もない。

ぼくは、ぼくを忘れた。

なんでもない。

ああ、なんて気持ちがいいんだろう。

何処《どこ》までも堕《お》ちてゆく感覚。

声が聞こえた。


――ほんとうに、それでいいの？


すぐ傍《そば》に、背中から羽根《はね》を生やした白い服の綺麗《きれい》な女性がいた。

光が眩《まぶ》しくて思わず、顔を背《そむ》けた。

それで、自分にはまだ何かを見ることができる目が、綺麗なモノを見ることができる目があることを思い出させられた。

優《やさ》しく微笑《ほほえ》むその顔が、自分にとてもよく似ていることを彼《かれ》は気付かないでいる。

だれ？　なんで、ここに？

ここはなにもない場所だよ。

ぼくは、失くなるんだ。

――違《ちが》うわ。
としかし、天使は首を振《ふ》った。
じゃあ、なんで？
そう言うと、天使はとても哀《かな》しい目をした。
――信じてる。
だれが？
ぼくは、もうなんでもないんだよ。
ぼくは、もうぼくじゃないんだ。
死んだんだよ？　失くなったんだ。なにもかも。
だって、ぼくは最低だから。ぼくは、死んだ方がよかったんだ。
――何故《なぜ》、そう思うの？
だって……だって……。
あれ、なんだっけ？　なんて言ったんだっけ？
――ほら、思い出せる。
あー、ぼくは、……とてもひどいことを言ったんだ。
――でも、それは本当の言葉じゃない。
けど、ぼくが言った。……みんなを傷付けた。

——かもしれない。

ぼくは、なんてことを言ったんだろう。

ミーちゃんに、嫌《きら》いって言った。

じーちゃんに、死んじゃって……って言った。

——美雨《みう》ちゃんも、月兎《げっと》くんも、きっと怒《おこ》ってないわ。

天使は、また優《やさ》しく微笑《ほほえ》んでくれた。

ジェットは、母《かあ》さんや姉《ねえ》さんに似てるなぁ、と思った。

でもそれがなんだかつらくて、いろんなことを思い出してしまって、目をそらした。

判《わか》ってるよ……知ってるよ。ミーちゃんも、じーちゃんも、怒ってない。怒らないと思う。

でも、傷付けちゃった。

——美雨ちゃんのこと、嫌い？

そんなことない。本当は、どうしていいか判らないだけなんだ。

友達に、からかわれるから。ミーちゃんも……嫌《いや》…だと思う。

——そう？　美雨ちゃんは、たぶん嫌がってなんかないわ。

なんで？　なんで判るの？

——さあ、何故でしょうね。

天使は、くすっと笑った。きっと判るときがくるよと。

――月兎《げっと》くんのこと、嫌《きら》い？

嫌い……嫌いじゃない。

――じゃあ、好き？

うん。たぶん。あ、やっぱり、判《わか》んないや。

じーちゃんいいかげんだし、わがままだし、ワケ判んないし。ご飯食べるとき、喋《しゃべ》りながら

ぽろぽろこぼすし。

と、天使がまたくすりと笑った。

え？　なに？　どうしたの？

――月兎くんのことよく見てるのね。

なんでそう思うの？

――いいえ。なんとなく。

言って、天使はやはりまだ少し笑っていた。

――月兎くんのこと、どう思う？

え……。

えっと……判んない。判んないけど、

死んでなんて、もうぜったい言わない。思わない。

やだもん……じーちゃんが死んじゃったら。

じーちゃんがいなくなったら、すごい嫌《いや》だと思う。

——そう……。だったら、月兎くんもきっと同じことを思ってるわ。だから、思い出さなくちゃ。失《な》くしちゃダメ。それも大切な思い出になる。傷付けたり傷付けられたりね……。

天使は、真っ白の羽根《はね》を大きく広げ、はばたかせる。

一枚の羽根が舞って、ジェットの手のひらに落ちた。

自分に、何かに触《ふ》れる手があることを思い出した。

雨の日。つないだ手。

あったかい手。

手のひらの羽根が光り輝《かがや》きはじめた。

自分という存在がここにいることを思い出させてくれた。

——つらくなったら誰《だれ》かに頼《たよ》ればいい。もっと信じればいい。きっと守ってくれる。きっと助けてくれる。そして、あなたも誰かを守ることができる。

つないだ手、離《はな》さないで。

ジェットは温かな光に包まれた。

——さあ、あとは自分が決めるのよ。

ぼくが、決める……。
ぼくが、決めていいの？
——ええ、もちろん。
うん。
判《わか》った。
……ぼく、行くよ。
それに、忘れない。失《な》くさないよ。大切だもん。
みんな、大切なんだ。
まばゆい光で、なにも見えなくなった。
——戻《もど》ったら、月兎《げっと》くんによろしくね。ジェット………。
もしかして……、ばーちゃん………？

♪

人気《ひとけ》のない夜空の下。星の光が降るのを拒《こば》んだ分厚《ぶあつ》い雲。

雪、跳《は》ね返る光もない。

「ちぃ、なんじゃあいつ！　あんなに巨大化《きょだいか》しとる！　つーか——デカっ！」

猛《もう》スピードのズーマーが、その敷地内《しきちない》に突《つ》っ込《こ》んだ。

そこは先日、月兎たちがもののけを伐《か》った建設中のデパートだった。

戦闘《せんとう》はすでにはじまっていた。

二人の能力者たちが、巨大化して十メートル近くになった武者《むしゃ》と交戦中だった。

「ミウミウ、行くぞぃッ！　くれぐれも無理はするな！　一発くれてやったらとっとと逃《に》げるんじゃや！　勝ち逃げじゃ！」

「はいっ！」

月兎と美雨《みう》は、原付から飛び降りるようにして、戦闘の中に突っ込んでいった。

傍《かたわ》らにある建設途中《とちゅう》の、背の高いビルディングの半分くらいはあろうかという巨大なもののけ。見上げるとうしろにひっくり返りそうになる。

「おそいよぉ、月兎ちゃ〜ん」

緊張感《きんちょうかん》のない声で、巨大武者《きょだいむしゃ》の振《ふ》り下ろす刀をよけ、伊部《いべ》が言った。

「束紗《たばさ》の娘《むすめ》も戦うのか？」

驚《おどろ》いた様子で言いながら、左海《さかい》が武者に向かって光弾《こうだん》を放つ。

「だいじょぶ。この娘《こ》は、できる子じゃ。そんで一発殴《なぐ》ったらすぐ帰るわぃ」

はぁ？ と伊部《いべ》と左海《さかい》が顔を見合わせる。

「あ、がんばりますっ！」

美雨《みう》は、ぐっと握《にぎ》り拳《こぶし》を作って見せた。

ふたりとも彼女《かのじょ》にとって馴染《なじ》みの顔だった。

左海は、父親がひいきにしている酒屋さんの社長さん。

伊部は、なんといっても通っている小学校の校長先生。

ふたりとも、当主《とうしゅ》の月兎《げっと》をナンバーワンとすると、能力者たちの中でも五本の指に入るくらいの強者《つわもの》。六十を超《こ》えても現役バリッバリ。

「どっこいしょーたろう！」

意味不明なかけ声とともに、月兎がV字型ギターで武者に斬《き》り込《こ》んでいく。

が、ハエでも扱《あつか》うようにあっさりと払《はら》われてしまった。

「うきゃーっ！ なんじゃこいつ！ いきなり巨大落ち武者野郎になりおって！ ワシより目立つなっちゅうの!!」

「なんだかねぇ、そこら中のもののけを喰《く》ったみたいなんだよぉ。まさかそんな風《ふう》なことができるなんてさぁ、びっくりだよねぇ」

あいかわらずとろいしゃべり方で、まったくびっくりしているように聞こえない。

「ジェットの〝力〟を得たからじゃっ！ チクのショー！ ジェットの大事なアレを盗《ぬす》みおっ

た！　はじめてはワシと決めていたんじゃのにぃぃ〜〜っ！」

話がとっちらかって収拾《しゅうしゅう》つかなくなっている。

「いいから、おまえら集中しろっ！」

左海が吠《ほ》える。目の前の敵よりも仲間にキレそうだった。

「────す、すいませんっ！」

ジェットは、何故《なぜ》か謝《あやま》りながら飛び起きた。

「…………ん？　あれ？」

きょろきょろと辺りを見渡《みわた》す。

自分の部屋だ。

そして、すぐ傍《そば》には、びっくりした様子の父、正宗《まさむね》が座《すわ》っていた。

「お、おはよ」

何を言ったらいいのか判《わか》らず、正宗はとりあえずそう言った。

「お…おは……よ？」

ジエットもとりあえず返した。

「じーちゃんとミーちゃんは？」

思い出したんだ。

忘れてない。

「お義父《とう》さんと美雨《みう》ちゃん？　さっき出ていったよ」

「何処《どこ》？」

「おまえをこんな風《ふう》にしたヤツをぶん殴《なぐ》りに行くってさ。鼻息がプンプンだったよ。お義父さんなんて、鼻毛出てたもん」

鼻毛はともかく、月兎《げっと》と美雨はジェットのために戦いに向かった。

「おまえの中にいた……でいいのかな？　そいつは、あれだってさ。もののけ？　えー、と妖《よう》怪《かい》とかの類《たぐい》だな。そいつをぶん殴るってさ」

「よ、妖怪……？　ぶん殴る……？」

「うーん。俺《おれ》もね。そんな簡単に信じられることじゃないとは思うよ。でも、いるんだなぁ」

「けど……」

言いかけて、ジェットは言葉を呑《の》み込《こ》んでしまった。

信じたくはない。信じられない。

妖怪、もののけ、そんなモノが本当に存在していたなんて。

だが、〝それ〟はさっきまで自分の心の闇《やみ》の中に潜《ひそ》んでいた。

信じられないことだったけれど、信じざるを得ないだけのことがあった……。

ジェットは覚えている。

自分の中の闇。冷たい感触《かんしょく》。無数の声。心をちぎる手。

そして、美雨に、月兎に言ったこと。

なのに、ふたりとも自分のために——

ひどい罪悪感で押《お》しつぶされそうだった。

まだ、この胸にあの冷たい感触が鮮《あざ》やかに残っている。

どうしようもなく苦しい。

このまま、何もできずに、ただみんなの帰りを待っているだけしかないんだろうか。

でも、なにもできない自分も判《わか》っている。

どうしたら——

「えっとさ。これはね。たぶんね、俺が作った話で、まんがのネタね。つまり、これから話す話は、たとえ話で、作り話みたいなもんさ」

「……うん」

わざわざ前置きをして、正宗《まさむね》は語り出した。

「ひとりの男の人がいて、そのひとは戦ってきたんだよ。ずっと。家族を護《まも》るために、それから街のひとたちを護るために」

滅多《めった》に吸わないタバコなど口にしているので、そうとうテンパってはいるみたいだけれど。

「ここは……じゃなかったその街は、なんか街中に大地の気ってゆうのかなぁ、特殊《とくしゅ》なエネルギーみたいなのが漏《も》れてる場所でさ。んで、あ、そこみたいなところは全国に何ヶ所かあるみたいなんだけど。ってゆうかそういう設定ね。あー、えっと、その漏れ出たエネルギーの影《えい》響《きょう》かどうかは判《わか》らないけれど、その街に生まれたひとたちの中には、特殊な〝力〟を持つひとが出てきた。ん？　あ、あれだ。その生まれてきた時期とかはさ、父《とう》さんよく知ら……考えてないんだけど……」

とにかく口下手《べた》なひとだ。それでも一生懸命《いっしょうけんめい》、ジェットに何かを伝えようとしてくれていた。

作り話といって、判りやすくしているんだろう。

「そんで。そうやってひとに影響《えいきょう》を与《あた》えるエネルギーは、他《ほか》の者たち、つまりは妖怪《ようかい》や幽霊《ゆうれい》、それも悪いヤツね。悪《あく》どいの。そいつらにとっても格好《かっこう》のごちそうだったワケでね。えー、そいつらは、エネルギーを喰って〝力〟を強くしたらば、どんどん人間を襲《おそ》うようになっちゃったのよ。そういうヤツらから、街を、人間を護っているのが、男の人のような人間たちだ。ってことなワケね……まんがみたいな話だけど…………。って、あ、いや。まんがね。まんが」

フー……、と深く吸ったタバコを吐《は》き出す。

冬の冷たい空気に、煙《けむり》が白く浮《う》かんだ。

「じゃあ……今まで夜中に出かけてたのは…………」

「……もののけと戦ってたんだろうなぁ……」

正宗は、言う。

ジェットにはなんとなく伝わったようだ。

がしかし、心の隅《すみ》の方で、「それだけでもないだろうけど。単なる夜遊びとかも……」と思ったが言わないでおくことにした。その方がいいような気がしたからだ。

「そんな………。なんで、じーちゃんが、そんなことやらなきゃなんないの？」

「たぶん……あ、いや。父さん、あんまりよく判らないから。すまん。……ジェットがさ、知りたいなら、訊《き》けばいいよ。たぶん、ちゃんと教えてくれるよ、お義父《とう》さんは」

ああ。そうか。

そうなんだね。

ぼくらが、いるからだ。

沈黙《ちんもく》。静かな夜。

こんな夜の中に、月兎《げっと》たちは誰《だれ》かを、自分を、自分たちを護るために戦っている。

誤解してた。

じーちゃんは、ぼくのため……、みんなのために……。

「お義父《とう》さんってね。昔から、あんな若い見た目なんだけどね。俺《おれ》と逢《あ》ったときは、まだ、あいう、ジジ臭《くさ》いしゃべり方じゃなかったんだ」

「え？　どういう……？」

「ようは、きっと、あ、これは俺の予測ていうか勝手な想像だけど…………——お義父《とう》さんは、お義父さんなりに、あの姿にコンプレックスみたいなの抱《かか》えてんじゃないかなーと、俺は思うワケね。なんか、無理矢理《むりやり》にでも歳《とし》を取ろうとしてるんじゃないのかなぁーって。これね、これはね。あくまでも父《とう》さんの主観《しゅかん》だから。さっきも言ったけどさ。あっ、えー、主観てゆうのは、父さんから見た見た目ってゆう意味合いの……」

「うん……」

「そっか……」

「うん……」

「って。あ、これ、まんがの設定ね。まんがの。お義父さんとか言っちゃったけど」

「うん」

「そっか」

こんなに父親と話したのは、いつぶりだろうか。

いつも正宗《まさむね》も珠生《たまき》も忙《いそが》しくて、なかなか話したりできずにいる。

いや、違《ちが》う。

ぼくが話さなかっただけだ。

ぼくが話をしたいっていえば、みんな、疲れてたってなんだって、話に付き合ってくれるのに。ぼくがそうしなかっただけだ。

ひとりでなんでもできると思ったんだ。
けど、ひとりでなんにもできなかった。
じーちゃんのことも、ミーちゃんのことも。
ただ、逃《に》げていただけかもしれない。
そして、こんなことになってしまった。
ふたりは、今、戦っている。
危険に立ち向かっている。
誰《だれ》かを救うために。
ぼくは護《まも》られているだけだ。

——つらくなったら誰かに頼《たよ》ればいい。もっと信じればいい。きっと守ってくれる。きっと助けてくれる。そして、あなたも誰かを守ることができる。

何処《どこ》からか声が聞こえてきたようだった。
これは、誰の声？
懐《なつ》かしくって、あったかくって……。
じーちゃんとおんなじ感じがする。

……ぼくも行かなきゃ……。

じーちゃんのところへ……。

でも、なにができるんだろう。

邪魔《じゃま》になるだけじゃないの？

なにができる？

「——ジェットは男の子だから」

「え？」

正宗《まさむね》が、煙《けむり》を吐《は》きながらあさっての方を見て言う。

「男の子はさ。やられたらやり返すくらいの気持ちがないとダメなんだ」

「………」

「ってさ、父《とう》さんの父さんに言われた。……もっとも……俺《おれ》はそういう力ずく的なことがダメだったから、まあ、まんがを描《か》いているワケだけれども。……ん？　なんか違うか？」

正宗の言葉を聞いた瞬間《しゅんかん》、身体《からだ》の中の血が沸騰《ふっとう》しそうな勢いで、かっとなった。

正宗の独《ひと》り言《ごと》のような問いにジェットは答えず、代わりにふとんをひっぺがすとベッドから転げるように降りた。

行かなきゃ！

「——あ、ジェット」

「んっ？」

振《ふ》り返る。と、正宗《まさむね》がタバコを指に挟《はさ》んで、

「これ、吸ったの母《かあ》さんに内緒《ないしょ》な。怒《おこ》られるんだよなぁ……やっべ……」

「うんっ！」

ジェットは部屋を出た。

すると、そこには、テルミンがジェットが出てくるのを待っていたように、ちょこんと座《すわ》っていた。

「くくっ！」

ジェットの顔を見るなり、走り出す。

「テルミン？」

ジェットは、テルミンのあとについて、階段を駆《か》け降り、月兎《げっと》の部屋の前までやってきた。

そっと障子《しょうじ》を開ける。

と、目に飛び込《こ》んできたのは、いつも月兎が使っているギターとは色違《ちが》いのもう一本のギターだった。

それをつかもうとして、躊躇《ちゅうちょ》した。

「……ぼくが決めていいの？」

自分で決めるんだ。

自分が決めたことを——

ジェットは、家を飛び出した。

雪の中をテルミンといっしょにひた走る。

夕陽《ゆうひ》のような色をしたそのギターを、気が付いたら、握《にぎ》りしめていた。

♪

「——って、何処《どこ》に行けばいいワケ？」

ジェットは、あっという間《ま》に、道に迷った。

家を出て二分で迷った。

ちょっとそこのコンビニまで、っていう距離《きょり》で迷った。

「と、父《とう》さんに訊《き》いておけばよかった……。てか、父さんも知らなかった？」

ど、ど、ど、どうしようっ。

イキオイよく家を出てきたのはいいけど、月兎たちが何処にいるのか知らないじゃないか。

しかも冷静に考えたら、こんなギターで何ができるんだろう。

ぼく、もしかしてお邪魔《じゃま》かな？

とかなんとか考えていると、

「くうっ！」

テルミンがひと鳴きした。

びっくりした。

「どわぁぁぁぁあっ、て、テルミンッッッ!?」

テルミンが光ったと思ったら、みるみるうちに大きくなって、二メートルぐらいの大きさになった。

それは、その姿は、

「ど、ドラゴンっっ!!」

ゲームの中でしか見たことがないが、テルミンが見たまんま飛龍《ドラゴン》になった。

鋭《するど》い牙《きば》の生えた大きな口、背中に生えた巨大《きょだい》な翼《つばさ》。

引っかかれるととても痛そうな爪《つめ》。太いしっぽ。

真っ白い身体《からだ》は、白銀にも見える。

ただ、

「くぅ！」

「ふ、普通《ふつう》！　まんまテルミンじゃん！」

鳴き方は変わってなかった。

ものすごい恐《おそ》ろしいくらいの姿をしているのに、鳴くとものすごい可愛《かわい》らしかった。

「テルミン……？」

ジェットの脚《あし》の間に自分の首を通し持ち上げた。テルミンの首を滑《すべ》り台のように下って、ジェットは背中に着地（着龍《ちゃくりゅう》？）した。

「くぅう〜〜〜〜っ！」

テルミンがいななく。

そして、翼を広げると、空へと舞《ま》い上がった。

「ちょ、ちょっと、テルミン!? あ、あの——寒いんだけどぉぉおっ！　すごく!!」

今さら上着を着てくるのを忘れたことに気が付いたジェットだった。


「ぶわぁぁぁぁぁぁぁぁぁぁぁぁ〜〜〜〜〜〜〜〜〜〜〜っ！」

月兎《げっと》たちは、現在大苦戦中だった。

建設中のデパートは、戦いのとばっちりを喰《く》って、あちこちコンクリートが剝《は》がれていたり、一部にはずっぽりと穴が開いていた。

それでも街中ではなく、誰《だれ》もこないような立ち入り禁止の工事現場だったことはよかった。

『死ね、死ね、死ねっ！』

巨大武者《きよだいむしゃ》——蛇鬼丸《じゃきまる》が狂《くる》ったように叫《さけ》ぶ。

「死ね死ねうるさいのぅ！　おまえは死ね死ね団かっっ！」

悪態《あくたい》をつきながらも、月兎《げっと》は武者の繰《く》り出す刀や蹴《け》りをかわし、攻撃《こうげき》を繰り出すタイミングを見計らっていた。

「死ぬのは貴様《きさま》じゃぁあっ！　もう死んどるってかぁっ！」

振《ふ》り下ろされた刀を避《よ》け、その腕《うで》に食らいつくと体勢を立て直し、一気に頭部目がけて駆《か》け登る。

それを美雨《みう》や、左海《さかい》、伊部《いべ》が光弾《こうだん》を放ちサポートする。

「月兎ぉっ、もうそろそろ片を付けろ！　こっちの体力ももたん！」

「判《わか》っとる！　ワシらもう、ジジイじゃからのぅ！」

蛇鬼丸はただ巨大になっただけじゃなかった。

その身体《からだ》を作っているのは、蛇鬼丸が喰った他《ほか》のもののけたち。

つまりは、いくら月兎たちが攻撃を繰り出しても蛇鬼丸の本体には、何のダメージもなく、すぐまた再生をはじめる。ジエットから吸い取った〝力〟を使って。

「うきゃぁあああああっ！　ドスコイフスキイイイイイ————っっ！」

もはや誰も月兎のおかしなかけ声にツッコミを入れなくなった。そんなことよりも、なんでもいいから、早くそいつをブッ倒《たお》してくれ！

が、

『がぁぁぁぁぁっ！』

蛇鬼丸が吠《ほ》えると同時に、その巨大になった目から、光線が発せられた。

「ふがっ！　目から怪光線《かいこうせん》反対ぃぃぃぃぃっ！」

咄嗟《とっさ》にギターを盾《たて》にして直撃《ちょくげき》は免《まぬか》れたが、反動で月兎の身体は宙を舞《ま》った。

「かくなる上は――飛べ、ギタァァァァーッッ！　フライング・ブイっ！」


……………………………………………………。


「って、やっぱ飛ばんかったぁ～～～～っ！」

「だから、真面目《まじめ》にやれぇぇぇぇっ!!」

ギターの代わりに、左海の罵声《ばせい》が飛ぶ。

「やっとるわぁぁっ、アホっ！」

「誰《だれ》がアホだ。ボケっ！」

「誰がボケじゃぁぁっ！」

「まあまあ、喧嘩《けんか》しないでぇ」

美雨《みう》は、ちょっぴり思ってしまった。

………か、勝てる気がしない。

『――我を無視するなっ！』

本日、一番のビッグウェーヴ。

邪鬼丸《じゃきまる》の繰《く》り出した衝撃波《しょうげきは》が月兎《げっと》、美雨《みう》、左海《さかい》、伊部《いべ》を呑《の》み込《こ》んだ。

四人の身体《からだ》は、塵《ちり》や埃《ほこり》のように軽々と宙を舞《ま》って、建設中のビルの中に突《つ》っ込《こ》んだ。

ガラスのない窓を突き抜《ぬ》けて、コンクリートの壁《かべ》にめり込む。

「……痛たたぁ。あー、今のは効いたねぇ〜〜。僕《ぼく》、肋骨《ろっこつ》とかがいっちゃったよぉ……」

重傷を負いながらも笑顔ベースは崩《くず》さない。しかし伊部のいつもの汗《あせ》は、痛みによる脂汗《あぶらあせ》になっていた。

「ったく、俺《おれ》も腰《こし》を打ったみたいで、ダメだ力が入らん……。畜生《ちくしょう》、明日は新店舗《しんてんぽ》の大事な会議があるっていうのに」

左海は苦痛に顔をゆがめる。

「どいつもこいつもにゃーにゃー、泣きおってからにっ！」

「おまえとは、身体の作りが違《ちが》うんだよ！」

皮肉を言うが、そこはしれた仲だ。

「あとは、頼《たの》んだぞ。おまえが倒《たお》れたら、この街は終わりだ。判《わか》ってるな、おまえが『一番』

なんだぞ」

「おぅっ。うっし、任せろっ！　ワシは、負けない。絶対に護《まも》るって決めたんじゃ。それに。ワシだけじゃ、なんもできんからな。――ひとりじゃ生きられないじゃろ？」

月兎はこんなときにも、にっ、と笑った。

コンクリートの瓦礫《がれき》の中から立ち上がる。

「ミウミウ、大丈夫《だいじょうぶ》か？」

「はいっ。わたしはまだやれます！」

「あー、若いっていいねぇ～」

伊部が仰向《あおむ》けに寝転《ねころ》がりながら言う。まるで陸《おか》に揚《あ》がったトドだ。

「校長先生は、ここで休んでいてください」

「そうするよ。ちょっと動けそうにないし、ごめんねぇ～」

「おまえが動けないのは、単に太りすぎじゃろ」

毒を吐《は》きつつ月兎は、美雨に手を差し出す。

「やれるか？　ここにいてもいいんじゃぞ？」

「いいえ。やれます。やります。――それにまだ、あいつのことブン殴《なぐ》ってませんもん」

「よしっ……行くかっ！」

月兎と美雨は、左右に分かれ、建物を出た。

するといきなり、

「やっぱ、ワシかぁあ〜〜〜っ！」

出てくるのを待ちかまえていた蛇鬼丸《じゃきまる》に、月兎《げっと》がねらい打ちされた。

「くぉおおおおおおおっおおおおおっ!!」

薙《な》ぎ払《はら》われる刀をギターで受け止める。

「む、無理があるじゃろ！　でかすぎっっっっ!!」

衝撃《しょうげき》に月兎の身体《からだ》はぶっ飛ぶ。

「月兎おじーちゃん！」

叫《さけ》ぶ美雨《みう》に、蛇鬼丸が向いた。

きっ、と奥歯《おくば》を咬《か》みしめる。

「ジェットちゃんの仇《かたき》ぃいいいいっ！」

死んでません。

美雨は、マシンガンのように光弾《こうだん》を打ち込《こ》む。

ズガガガガガガガガガガガガッ。

足もとからなぞるように頭部まで命中。

しかし、

『ガアアアアアアアアッツッ！』

外装が剝《は》がれただけで、またしても本体は無事《ぶじ》だった。

「ちぃっ！」

舌打ちをするその間《ま》もなく、蛇鬼丸の放つ衝撃波が襲《おそ》いくる。

避《よ》けきれない。

「キャアアアアアアアアッ！」

目を閉じた。悲鳴が無意識に出てしまった。

「…………………？」

だが、衝撃はいつまでたってもやってこない。

「——す、すごっ！　テルミン今、なにやったのっ⁉」

なんだかとても驚《おどろ》いているけれど、場の雰囲気《ふんいき》にはあからさまにそぐわない可愛《かわい》らしい男の子の声がした。

美雨は、うっすらと目を開いた。

そこには、白銀の美しい姿をした飛龍《ドラゴン》。そして、

「大丈夫、ミーちゃん⁉」

ジェットがいた。

心配そうに、何故《なぜ》かガチガチと小刻みに震《ふる》えながら。ギターを大事に抱《かか》えるように持って、ジェットが飛龍《ドラゴン》から降りる。

「てか、なにしてんのさっ⁉」

「あ、えっとその……戦ってる？」

「戦ってるって、デカインですけど、アレ！　反則でしょ⁉」

「うん。おっきい。あとね、ジェットちゃん」

「うん？」

「……鼻水出てる」

「あ、ちょ、ちょっと、寒くって……テルミンものすごいスピードで飛ぶんだもん」

「え？　こ、これ、テルミンなのっ？」

「うん。そう……なんだ。ぼくもまだ信じられないけど……」

ふたりが見上げる飛龍は、

「くぅ〜っ！」

と鳴いた。

「あ、やっぱり、テルミンだね」

「……そうみたい……」

テルミンの本来の姿をはじめて目の当《ま》たりにした美雨《みう》は、ごくり、生唾《なまつば》を呑《の》んだ。

これが……龍《りゅう》……。

「テルミぃぃーン、手伝ぇぇぇぇぇぇぇっ！」

蛇鬼丸《じゃきまる》の真下に向かって、月兎《げっと》が突《つ》っ走っていた。

それに気付いた武者《むしゃ》が、攻撃《こうげき》を仕掛《しか》けようとするが先に、

「くぅ！　――――――――――――――――――――くぅッッッ！」

テルミンの口から、まんがみたいな丸っこいエネルギー波が撃《う》ち出された。

グウウウウウウウウウウウウウウウウウウウウウウウウウウウッッッ。

テルミンの攻撃は、蛇鬼丸を直撃《ちょくげき》した。

が、やはりそれは外装を剝《は》がすだけにとどまる。

中心には届いていない。そして早くも身体《からだ》の再生がはじまっていた。

「なめるなよぉぉぉぉッ！　これがワシのふぁいなるあんさぁぁぁぁぁぁぁぁぁぁぁぁぁぁぁぁぁぁぁああああああああああああああああああああああああああああああああああっっっっっ!!」

真下にたどり着いた月兎は、天に突《つ》き刺《さ》すように、ギターを振《ふ》るった。

テルミンの攻撃に続いて間髪《かんぱつ》入れず、超巨大《ちょうきょだい》な光線を放つ。

ズガァァァァ――――――――――――――――――――――ッッッ!!

特大の光が武者《むしゃ》を包み込《こ》み、夜空に閃光柱《せんこうばしら》を打ち上げた。

「す、すごい……」

ジェットは息を呑《の》んだ。

いつも家で、ゲームをしてて負けるとすねたりむきになったりする月兎《げっと》じゃない。起きてから寝《ね》るまでずっとジェットに甘えっぱなしの月兎じゃない。

真剣《しんけん》な表情が、妙《みょう》に似合っていた。

戦うおじーちゃん。

とってもかっこよかった。

光が消えたあと、巨大な蛇鬼丸《じゃきまる》の姿がなくなっていた。

「ふぃー……しんどかった……。うおーい、ジェットやーい！　愛じゃや、愛の力じゃぁぁ〜〜〜〜〜っ！」

ジェットの姿を見留《と》めると、全身で喜びを表すように、月兎はぶんぶんぶんぶんと手を大きく振った。

「もう、じーちゃんってば……」

ふっと笑いそうになった。が、次の瞬間《しゅんかん》それは、悲鳴に変わる。

ズッ。

「…………なんじゃ……。うわーっ、こりゃ、けっこー痛い……わぃ……」

月兎の身体《からだ》が沈《しず》む。

降り積もった雪が瞬《また》く間《ま》に赤く染まっていった。

蛇鬼丸は、大きなダメージを受けながらもあの月兎とテルミンの攻撃で消し飛んでいなかった。巨大ではなくなったが存在していた。

蛇鬼丸の刀が、背後から月兎の心臓を貫《つらぬ》いていた。

まるで胸から刀が生えているみたいだった。

「じぃいいいいいいいいいちゃあああああああああああん！」

♪

真っ白になった。

目の前が、真っ白になった。

この目で見た。でも、嘘《うそ》だと誰《だれ》かが言ってくれるのを待っていた。

誰《だれ》も言ってくれない。

「なんで、なんでぇぇっ。じーちゃん！　じーちゃん！」

まだ、謝《あやま》ってないよ。

ひどいこと言ったこと謝ってないよ。

涙《なみだ》なのか、鼻水なのか。

顔がぐちゃぐちゃになっていた。

身体中《からだじゅう》の水分が涙になってこぼれてしまいそうだ。

じーちゃんをカタギの老人にするって決めてたんだよ、ぼく！

ずるいよ、ワルのまま死んじゃったらダメだよ。

じーちゃん！

じーちゃん！

じーちゃん！

「──わあああああああああああああっ！」

ジェットは、無我夢中《むがむちゅう》で走り出していた。

ギターを握《にぎ》りしめ、月兎《げっと》を殺した武者《むしゃ》に向かって。

月兎とテルミンの攻撃《こうげき》の反動で、もはや半壊《はんかい》しているデパートの中から、左海《さかい》と伊部《いべ》が互《たが》いの身体を支え合うように出てくる。

倒《たお》れている月兎。

武者へと突《つ》っ込《こ》んでいくジェット。

「ジェットちゃん！」

美雨《みう》の声も聞こえなかった。

でも、頭の中には、いろんなひとの顔が浮《う》かんでいた。

月兎に、美雨に、正宗《まさむね》に、珠生《たまき》に、莉々《りり》、榛羽《しんは》、学校の先生、友達、たくさんのひとの笑顔が浮かんでいた。

そしたら、走り出していた。

護《まも》りたいと思ったんだ。

目の前で、殺されてしまったじーちゃん。

護れなかった。

けど、護りたいと思ったんだ。

「わあああああああああああああああああああっ！」

ジェットは渾身《こんしん》の力で、ギターを振《ふ》るった。

すると、なんと、

「…………あ……れ？」

あっさり受け止められてしまった。

「………やっぱ無理！　だって、ぼく、普通《ふつう》の小学四年生の男の子だもん！」

月兎《げっと》の攻撃《こうげき》で崩《くず》れかかった顔で、武者《むしゃ》はジェットをぎょろりと睨《にら》み見た。

ひぃぃぃぃっ。

なんでぼく、飛び出したんだろ!?

なんでぼく、飛び出したんだろ!?

なんで、ぼくは、飛び出してしまったんでしょうか!?

数秒前の思いは、そっこうで後悔《こうかい》に変わった。

涙《なみだ》も倍増しそうだ。

「――すけて………助けて！　じーちゃ――――――――――んっっっ！」

「あいよっ」

「…………へっ！」

月兎が返事をした。

たった今、目の前で刃《やいば》に心臓を貫《つらぬ》かれて死んだはずの月兎が、立ってすぐそこでギターを構えている。

「じ、じーちゃんっ!?」

「うぉおおっ！　ジェットなんて、泣いとるんじゃ!?　き、貴様《きさま》かこの落ち武者野郎めが！」

半分当たってるが、半分違《ちが》う。

「ジェットを泣かすヤツは、ワシが許さん！　それがたとえ大統領でも、タモさんでもじゃ！」

異様なほど高まるプレッシャーに、元のサイズに戻《もど》ってしまった武者は気圧《けお》される。

「くるぁぁぁぁぁ〜〜〜〜〜〜〜〜〜〜〜〜〜〜〜〜〜〜〜〜〜っっっっ！　すいきんちかもくどってんかいめ――――――――――――――――――いいいっ!!」

月兎のスウィングがもろに武者の身体《からだ》をとらえた。

カッ、と光が駆《か》け抜《ぬ》け、

『があああああああぁっ！』

武者の胴体《どうたい》がまっぷたつに砕《くだ》ける。

「ようしゃ、ミウミウとどめじゃ！　成敗《せいばい》ッッッ!!」

「はいっ！」

美雨《みう》が最後の力を振《ふ》り絞《しぼ》って、光弾《こうだん》を放つ。

「ジェットちゃんの仇《かたき》いいいいいいいいいっ！」

だから、死んでません。

マシンガン光弾は、次々と武者《むしゃ》の身体《からだ》を吹《ふ》き飛ばしていく。

『我がまたも負ける……？　グ、グ、グァアアアアアアアアアアアッッッ!!』

「あわわわっ！」

幼馴染《おさななじ》みの見てはいけないような一面を目の当《ま》たりにし、少々ブルったジェットだった。

粉々になった武者《むしゃ》をテルミンがうれしそうに、「くぅ〜」と吸い込《こ》んだ。

月兎《げつと》の話によると、なんでもテルミンの中はもののけにとっての浄化装置《じょうか》なんだそうだ。

人間の封印《ふういん》よりも安定しているので、しばらくはテルミンの中で反省してろ。ってことらしい。強いもののけは、死んだりする間際《まぎわ》に怨念《おんねん》やら呪《のろ》いやらを残していくので、あとあとたいへんになる。だから、封印するのが一番、いいそう。その割には……。まあ、いいか。そのときは、また、じーちゃんが護《まも》ってくれるかもしれない。

もしかぼくが、強くなってじーちゃんやみんなを護れるかもしれない。

かもしれない……。


「ねぇ、じーちゃん……」

「ん？」

すべてが片付いたあと、ジェットは、美雨《みう》と月兎、それから元《もど》に戻ったテルミンを腕《うで》の中に抱《かか》えて、とぼとぼと帰り道を歩いていた。

「なんで、あのときじーちゃんは、その、刺《さ》されちゃったのに……えーっと……」

「——死ななかったのか、てか？」

「……う、うん……」

言いにくそうにしているジェットに、月兎はあっさりとそう言葉を足した。

そして、あっさり、

「ワシは、死なないんじゃなくて、死ねないんじゃよ」

そう言った。

死ねない？

その言葉を瞬時《しゅんじ》に、ジェットは理解することができなかった。

「ワシの身体《からだ》は、そうなってしまったんじゃよ。刺されればそりゃ痛いが、平気なんじゃ。死ぬことはない」

それって……なんで……。

「そうじゃのぅ……ありゃ、ずっと前じゃ……。大切なひとを護るため……。だから、いいんじゃ。これでいいんじゃよ。ジェットのことをこうして、護《まも》ってやることもできる。だから、いいんじゃ」

言って、月兎は笑った。

やさしく笑った。

ジェットはそれ以上なにも訊《き》こうとはしなかった。

でも、死ねないってことは、ずっとこのままということだ。

ぼくが、オトナになっても、じーちゃんはこのままで。

ぼくが、おじーちゃんになっても、じーちゃんはこのままで……。

やっぱり、ずっと、このままで……。だったら、じーちゃんはいつかひとりになっちゃうじゃないか。ひとりぼっちになっちゃうよ。

とても悲しくて、さみしくなって、ジェットは泣いてしまいそうになった。

なのに、ぽんっ、と月兎《げっと》はやっぱりやさしく笑いながら、ジェットの頭に手を置いた。

まるで、「だいじょうぶ」と言っているようだった。

何がどう大丈夫《だいじょうぶ》なのか。ジェットにはさっぱり判《わか》らないけれど、涙《なみだ》は、もう出てこなかった。

たぶん、きっと、いつか月兎が話してくれる日まで待とうと思ったからだ。

何故《なぜ》、そんな風《ふう》に自分が思ったのか判らない。

けど——

「ジェット、寒くないか？」

言って、月兎は自分の上着を着せてくれた。そして、左手をつないだ。

と、右側には美雨《みう》が歩いている。

彼女の方を見るやいなや、テルミンがジェットの身体《からだ》をよじ登り、いつものように、頭のうえに乗った。

まるで、「これで、美雨と手がつなげるでしょ？」と言ってるみたいだ。

それから、ジェットは、右手をつないだ。

月兎の手も、美雨の手も、自分の手も寒さで冷たくなっていたけれど、

なんだかとてもあったかかった。

Scarlet Riot - fin.

終幕　微熱《びねつ》が続いた夜。
outro: This Killer Tune

♪


二月も終わりに近付いて、ジェットは誕生日を迎《むか》えた。

十歳《さい》になった。

その日のことは、今でも鮮明《せんめい》に覚えている。

「そんじゃ、今日はうちの孫の誕生日なんで——ぶっ壊《こわ》れるくらい演《や》るぞぃ!!」

血管がブチ切れてしまいそうなくらい月兎《げっと》がそう叫《さけ》んで、ライヴがスタートした。

ジェットは、生まれてはじめて生のバンド演奏というモノを体験して、はじめて月兎のライヴを、『シルバーシーツ』のライヴを観《み》た。

驚《おどろ》いたのは、ドラムのひとがジェットの小学校の校長先生で、ベースのひとは、よく行く酒屋さんの社長さんだった。

ライヴはとにかくはちゃめちゃで、月兎はギタリストなのにときどきギターを放《ほう》り出して、客で満員になったフロアにダイヴしたり、意味もなくステージで踊《おど》り狂《くる》ったり、前転したり、ベースの社長さんにバックドロップしようとして、逆にされたり。

音はうるさくて、耳がキーンってなったけど、でも、

本当にかっこよかったんだ。


ライトを浴びて、たくさんの声援《せいえん》を浴びて、叫ぶように唄《うた》う月兎の姿。

ギターを殴《なぐ》り付けるように掻《か》きむしり、これでもかというくらい鬼気《きき》迫《せま》る演奏。

何故《なぜ》か、アフロのヅラをかぶっていたり、

「——フィーバービーバー、バーバーうおまさ！」

とか意味不明なフレーズを連呼していたけれど。

それでも、十分かっこよかった。

正直、最初のうちは、スキンヘッドやモヒカンや、革《かわ》ジャンやら鋲《びょう》ジャンのお客さんに、いっしょに行った美雨《みう》と手をつなぎ合って軽く震《ふる》えていた。

ライヴがはじまってからは違《ちが》う。

満員に近い観客は、みんな異常なくらい盛り上がっていた。

拳《こぶし》を突《つ》き上げて、床《ゆか》が抜《ぬ》けるんじゃないかってくらいジャンプして。

ひとがひとのうえを転がっていく。

あの女子高生三人組もきていて、きゃーきゃーわめいていた。

凶暴《きょうぼう》なのに、なんだかとてもピースフルな空間。みんなステージのうえだけを見て。

ただ拳《こぶし》を突《つ》き上げる。

歌が聴《き》こえる。


いつかぼくの胸に穴が空いて、ぼくはしぼんでしまうかもしれない。

けど、この気持ちだけは、たぶん、しぼんだりしないよ。

消えてなくなったりなんかしないよ。


三十分くらいの演奏時間。

それでも、二時間映画を観《み》ていた気分だった。

終わったときには、ジェットも美雨《みう》も汗《あせ》だくで、自分が何をしていたかなんてすっかり忘れていた。

外に出ると、誰《だれ》かが作った雪だるまにアフロのヅラがかぶせてあった。

そういえば、ライヴ中に月兎《げっと》がダイヴしたあと、アフロのヅラがなくなっていたことを思い出した。

誰かがそれを拾って雪だるまにかぶせたんだろう。

それにしても、滑稽《こっけい》でおかしかった。

いつもなら恥《は》ずかしくてすぐ放してしまう手も、美雨とつないだままふたりでげらげら笑った。笑い転げた。

笑い疲《つか》れて、その場にしゃがみ込《こ》んだ。すると、キーンと耳鳴りのする、その耳もとで、そっと美雨がささやいた。

「次は、わたしたちの番だね。劇、がんばろうねっ！」

「うん！　がんばろっ！」

耳がうまく聞こえないや。

それすらも、なんだか今日はとてもおかしかった。楽しかった。

「うぉ〜〜いジェットぉぉ〜〜っ！　プレゼンツじゃあ〜〜〜！」

遠くで月兎の声が聞こえて、その手にギターを一本抱《かか》えてやってきた。

それは、この前、月兎の部屋から持ち出した夕陽色《ゆうひいろ》したギターだった。

汗だくで上半身裸《はだか》の月兎が抱《だ》き付いてきたけれど、ぜんぜん嫌《いや》じゃなかった。


それから、数日。

武者《むしゃ》のもののけ、蛇鬼丸《じゃきまる》を倒《たお》した場所、あの工事中のビルは、申し訳なさすぎるけど、半壊《はんかい》したせいで完全に工事はストップ。いや。むしろ、それどころか解体されることになった。そのままにしておくと危険だからと。

何故《なぜ》、こんなことが起きたのか、警察が調べたらしいが何故か途中《とちゅう》で捜査《そうさ》は打ち切られた。地元の人たちの間では、『悪霊《あくりょう》の仕業《しわざ》だ』とか噂《うわさ》が流れていたが、まさにその通りだとは、思ってなかったろう。

それに、街中で大規模に行われていた土地開発は、いったん見直されることになった。

警察は、捜査を打ち切ったのではなく、別の事件に捜査を切り替《か》えていた。

それは——汚職《おしょく》事件。

前花杜町町長《はなもりまちちょうちょう》で、現桜杜市市長《さくらもりししちょう》と、土地開発のほとんどを請《う》け負《お》っていた業者との癒着《ゆちゃく》が判明。裏で、大きなお金が動いていたワケだ。

ジェットには、オトナの事情はよく判《わか》らないけれど。これであんな怖《こわ》いもののけが出たりしないのかなと、思う。

でも、そうではないらしい。

この地域全体が、〝力〟の巨大《きょだい》な源泉《げんせん》のようになっているらしく、吹《ふ》き出している穴を塞《ふさ》げばまた別の何処《どこ》からか吹き出してくる。これを未然に防いだり、〝力〟を弱めたり、それでもやっぱり集まってきてしまう悪いもののけを退治したりするのも、月兎《げっと》たちの仕事。

「たいへんなんだなぁ……」

　とジェットは、ため息が出そうになる。

　だって途方《とほう》もない話だ。こういうことが影《かげ》でずっと続いていて、たくさんのひとが誰《だれ》にも知られず、みんなを護《まも》っていたんだ。

　これからもたぶんそう。

　ぼくは、どうしたらいいんだろう。

　自分で決めていいの？

「ああ、もちろんじゃ。ま、その前にワシとゲームで対戦するのじゃ！」

　ったくもう。

　でも。うん。そうだね。

　やれることをやるだけだ。

　やらなきゃならないことをやるだけだ。

　ぼくに、やれることがあるなら。

　ぼくが決めるよ。

　だから、じーちゃん――

卒業生を送る会本番がやってくる。

あいかわらず学校では、美雨《みう》とのことをからかわれたりとぎくしゃくしてしまうこともあるけれど、前みたく故意《こい》に避《さ》けたりしない。話だってちゃんとできる。

いっしょにも帰れる……ときもあるし、帰れないときもある……やっぱりちょっと難しいんだもん。

月兎《げっと》にもらったギターはぜんぜん弾《ひ》けないけど、月兎みたいには戦えないけれど、ジェットはジェットだ。月兎は月兎。

いつも通りの甘えっぷりで、ゲームをすればムキになって、ご飯のときには食べながら喋《しゃべ》りまくる。

なにも変わらないし、きっと変わらないんだろう。

こうしてすごす日々のことを忘れないよう。手をつないでいこうと思う。

結局、ぼくはじーちゃんが——大好きなだけだった。

でも、じーちゃんを『カタギ』の老人にする計画は、ちゃくちゃくと進行中だ。

一応……。

♪

日々はすぎていく。

何事もなかったようで、いつもたくさんの事件に溢《あふ》れていた。

どきどきとわくわくは続く。

こうして、少年はちょっぴりゆっくりオトナになってゆくんだろう。

Ji-Chan & Jet ! - all over.

らくがき。Afterword of Graffiti in "Ji-Chan & Jet !"

子供のころの話です。それも夢の話です。

母方の祖父《そふ》は、眼鏡《めがね》でハゲで、おまけにマッチョでした。

ある日、僕《ぼく》と姉が母に連れられ、母の実家に行きました。と、向こうからじーちゃんがやってきました。それも何故《なぜ》か——黄色いミニクーパーを持ち上げてやってきました。

ミニカーじゃなくて本物です。両手で持ち上げながら「はっはっはっは」と渋《しぶ》ぃ笑い声でこちらにやってくるのです。意味が判《わか》りません。なんで、車を持ち上げているのか、持ち上げられるのか、その笑顔《えがお》はなんだと。しかし当時の僕はこう思ったんです。

「うっわー、じーちゃん、すげぇ！　かっこいい！」と。

じーちゃんは、僕らの傍《そば》までやってくると、車をそこに置いて（しかもこれまた何故か逆向きに）、「よくきたなぁ」とか言います。

すると、じーちゃんのうしろから、黄色い車の持ち主らしきひとがやってきて、じーちゃんに「ありがとう、ありがとう」を連発したのです。ワケガワカラン。

でも、僕は間髪《かんぱつ》入れずに、じーちゃんってやっぱすげーんだ。と思いました。

これは夢の話です。

あたりまえです。車を持ち上げて笑顔でやってくるなんて、並の人間にできるはずがありません。しかもじーちゃんです。眼鏡でハゲで。

いや、じーちゃんは眼鏡はしていたんですが、ハゲではなく最近気付いたのですが、坊主《ぼうず》で白髪《しらが》なだけでした。もちろんマッチョでもないです。

これは夢の話なんです。本当の僕は、じーちゃんの記憶《きおく》がありません。あっても夢の話なのか現実なのかはっきりと判らないんです。

じーちゃんに関してはっきりとした記憶は、葬式《そうしき》のときです。じーちゃんが眠《ねむ》る傍《そば》で、何枚か重ねられた座布団《ざぶとん》のうえに座《すわ》らされた僕は、母に「おとなしくしてなさい」と言われていました。

僕には眠っているのがじーちゃんなのか誰《だれ》なのか判らなかったんだと思います。ただ涙《なみだ》する母や祖母《そぼ》、それから親戚《しんせき》のひとびとをぼんやり見ながら、どうしようもなく悲しかった。それだけが僕とじーちゃんの記憶です。

とりあえず今の僕は、じじいになったら、オートマのポルシェで孫を幼稚園《ようちえん》にでも迎《むか》えに行きたいと思っています。うぃす。

I'm waiting for my man - fin.

♪

というワケでして、

はじめまして、おひさしぶりです。

これは、二〇〇四年一月の電撃《でんげき》の缶詰《かんづめ》に掲載《けいさい》されたコラムです。

何故《なぜ》、これが今回の『じーちゃん・ぢぇっと!』の最後に載《の》っているのかといえば、内容を読んでいただけると、たぶん、ぼんやりとでも判《わか》ってもらえるのではないかなと思ってます。

先日、駅の構内を歩いていると、ふと目にとまったモノがありました。それは、広告のキャッチフレーズでした。誰《だれ》かを励《はげ》ますように書かれたそれは、メッセージ性が強く、たぶん誰かの背中を押《お》すんだろうと。でも——あ、それを見て心に何かを宿した方々には大変失礼な発言かとは思いますが——僕《ぼく》は少しつらくなってしまいました。

僕はいつも思ってしまう。そういったメッセージ性の強いモノ、きっとそれはすばらしい言葉たちで、人の心を揺《ゆ》さぶるんだろうと。でも、僕はそれを見るとなんだか寂《さび》しくなったり、つらくなったり、かなしくなったりする。僕にとって、あの言葉たちは、ちょっと強すぎる感じがするんです。きっとあの言葉たちは誰かの背中を押します。

僕の背中も押すんだろう。でも、僕は困ってしまう。その言葉は、僕にはこう聞こえてしまったんです。

「おまえは、行け！　おれは此処《ここ》にいる！」と。ひどい言い方をしてしまえば、「勝手にがんばれ」とかって言われているように聞こえてしまいます。これは単に僕の個人的な感情であり、僕の勝手な意見で、結局のところ僕が天邪鬼《あまのじゃく》でひねくれ者のせいかもしれません。これはひとの取りようだし、個人的なモノです。

ぼくはひとりで歩く強さよりも、誰かと一緒《いっしょ》に歩いていける強さがほしいと思っています。手をつないでいけることを強さにしたいと思っています。それでも、もし、その手が離《はな》れてしまうときがあっても、そのときこそきっと、ひとりでも歩いていけるんじゃないかなと。

でも、そのとき、きっとひとりじゃないんですよ。ひとりだけど、ひとりじゃないんですよ。だって、自分は独《ひと》りじゃないって、もう知ってるんだから。

——そんな感じです。

そして、この『じーちゃん・ぢぇっと！』という物語りもそんな感じではないだろうかと、作者は手前勝手に思っております。

この物語りを、この精一杯《せいいっぱい》の強がりを——

どうか、おもしろかったら笑ってください。

どうか、つまらなかったら笑ってやってください。

そして、
この本に関する、巡《めぐ》る、
すべてのみなさまに、こころから感謝させてください。
ありがとう。

二〇〇四年　年を忘れつつ

ハセガワケイスケ

♪

『じーちゃん・ぢぇっと！』という作品は以前、電撃《でんげき》小説大賞に応募《おうぼ》したモノと同じタイトルですが、今回のは、タイトルが同じだけなくらい完全な書き下ろしです。

では、再会を祈《いの》って。

——きみのかけらは、みつかりましたか?

じーちゃん・ぢぇっと！
Ji-Chan & Jet !

うさぎがとんだ、うちゅうのはじっこ。
...And Out Come the Rabbits

雨の日は、げつよう。
DON'T WORRY ABOUT MEW

青春の役立たず。
Never Mind the Insomnia(boys don't cry)

シルバーシーツ革命。
Scarlet Riot

crew
original, written and composed by kh.
arrangement and produced by the cheerful monsters
co-produced and treatment by Kazuma Miki(Media Works)
art works by Asaha Oka
designed by Hirokazu Watanabe(2725 Inc.)
edited by Unimal
direction by Keisuke Hasegawa(Watermelon Pro. / LF&C)
made by LF&C / Little Flower & Children Records, tokyo.
manufactured by Media Works Inc.

thanks to Neko Mimizuki, Madam K, Hoki Ishikawa,
I think, Good Song, Nice Music, My Dear Punks,
My Family and All The Rest of Lovely Boyfriends & Girlfriends!!

special thanks to All Readers and You

presented by the cheerful monsters
ksk / oka / uni / nabe
a pop by K-Ske Hasegawa

for " your lovely world!! "

LFCR-019 / KSK.17 / DGBK:Ha-4-6[A POP]

●ハセガワケイスケ著作リスト

「しにがみのバラッド。」（電撃文庫）
「しにがみのバラッド。②」（同）
「しにがみのバラッド。③」（同）
「しにがみのバラッド。④」（同）
「しにがみのバラッド。⑤」（同）
「しにがみのバラッド。 ひとつのあいのうた。」（電撃文庫ビジュアルノベル）

本書に対するご意見、ご感想をお寄せください。

■

あて先

〒101-8305 東京都千代田区神田駿河台1-8 東京YWCA会館
メディアワークス電撃文庫編集部
「ハセガワケイスケ先生」係
「オカアサハ先生」係

■

電撃文庫

じーちゃん・ぢぇっと!

ハセガワケイスケ

発行　二〇〇五年三月二十五日　初版発行

発行者　佐藤辰男

発行所　株式会社メディアワークス
〒一〇一-八三〇五　東京都千代田区神田駿河台一-八
東京YWCA会館
電話〇三-五二八一-五二〇七（編集）

発売元　株式会社角川書店
〒一〇二-八一七七　東京都千代田区富士見二-十三-三
電話〇三-三二三八-八六〇五（営業）

装丁者　荻窪裕司（META+MANIERA）

印刷・製本　あかつきBP株式会社

ISBN4-8402-3001-3 C0193

電撃文庫創刊に際して

　文庫は、我が国にとどまらず、世界の書籍の流れのなかで〝小さな巨人〟としての地位を築いてきた。古今東西の名著を、廉価で手に入りやすい形で提供してきたからこそ、人は文庫を自分の師として、また青春の想い出として、語りついできたのである。

　その源を、文化的にはドイツのレクラム文庫に求めるにせよ、規模の上でイギリスのペンギンブックスに求めるにせよ、いま文庫は知識人の層の多様化に従って、ますますその意義を大きくしていると言ってよい。

　文庫出版の意味するものは、激動の現代のみならず将来にわたって、大きくなることはあっても、小さくなることはないだろう。

「電撃文庫」は、そのように多様化した対象に応え、歴史に耐えうる作品を収録するのはもちろん、新しい世紀を迎えるにあたって、既成の枠をこえる新鮮で強烈なアイ・オープナーたりたい。

　その特異さ故に、この存在は、かつて文庫がはじめて出版世界に登場したときと、同じ戸惑いを読書人に与えるかもしれない。

　しかし、〈Changing Time, Changing Publishing〉時代は変わって、出版も変わる。時を重ねるなかで、精神の糧として、心の一隅を占めるものとして、次なる文化の担い手の若者たちに確かな評価を得られると信じて、ここに「電撃文庫」を出版する。

1993年6月10日
角川歴彦